阁楼人语

启真馆 出品

阁楼人语

沈昌文　著

ZHEJIANG UNIVERSITY PRESS
浙江大学出版社
· 杭 州 ·

图书在版编目（CIP）数据

阁楼人语 / 沈昌文著 . -- 杭州：浙江大学出版社，
2025. 6. --（沈昌文集）. -- ISBN 978-7-308-26056-5

Ⅰ . I267

中国国家版本馆 CIP 数据核字第 20257P3V06 号

阁楼人语

沈昌文 著

特约策划	草鹭文化	
责任编辑	叶 敏	
特约编辑	刘瀚阳	
责任校对	黄梦瑶	
装帧设计	草鹭设计工作室	
出版发行	浙江大学出版社	
	（杭州市天目山路 148 号 邮政编码 310007）	
	（网址：http://www.zjupress.com）	
排 版	上海碧悦制版有限公司	
印 刷	北京中科印刷有限公司	
开 本	787mm×1092mm 1/32	
印 张	11.25	
字 数	171 千字	
版 印 次	2025 年 6 月第 1 版 2025 年 6 月第 1 次印刷	
书 号	ISBN 978-7-308-26056-5	
定 价	72.00 元	

纪念沈昌文先生诞辰九十五周年

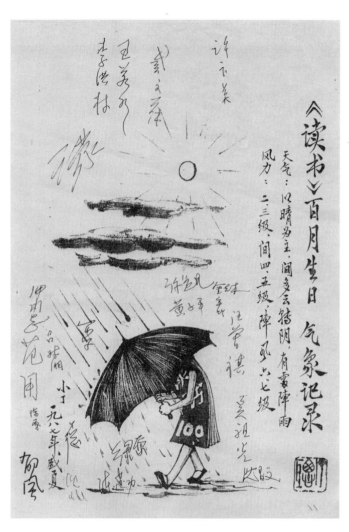

丁聪作于1987年的《〈读书〉百月生日气象记录》漫画，有诸多朋友的签名

《读书》在东四六条的临时办公室，照片中的四位女士为《读书》杂志"五朵金花"中的四位（右起：沈昌文、吴彬、杨丽华、赵丽雅、贾宝兰、郝德华）

序

有无之间

王蒙

读二〇〇〇年十一月九日《南方周末》上沈昌文公的《回忆读书》一文，浮想联翩，感慨系之。那些年的《读书》，实在是一个亮点，如果不说是一朵月月开放的奇葩的话。而且，现在回想起来、谈起来，给人以俱往矣的不胜今昔之感。

沈公总结说，或者更正确一点，沈公与吴彬同志共同总结说，办这个刊物的经验是三无：无能，无为，无我。这就把问题提升（按："提升"云云这是港台说法，其实我们的习惯是说提高）到老子哲学上来了。

《道德经》上说，"万物生于有，有生于无"，没有比用出版家编辑家作例子更能说明老子的这个绕脖子的命题的了。出版家编辑家只有进入兼收并蓄的"无"的状态，即无先入为主，无偏见，无过分的派别倾向，无过分的圈子山头（有意或无意的），无过多的自以为是与过小的鼠目寸光，无太厉害的排他性，无过热的趁机提升自己即为个人的名利积累的动机，才能兼收并蓄来好稿子，也才能真正团结住各不相同的作者，才能真正显出一种恢宏，一种思稿若渴一种思贤若渴的谦虚和真诚，才能具有相当的凝聚力吸引力容纳力——港台说法叫作磁性。

有时候，一个很好的很可爱的很纯洁的很用功很执着认真的学者却硬是做不成一个好出版者好编辑，就是因为他们太"有"了，他们有"有"的功夫——有定见，有一派或一种观点，有很强的学派烙印和思潮色彩，有来历有渊源有自己在学术思想上的固定位置或预期的固定位置，有一拨学友一拨以类聚以群分的应和者配合者合作者切磋者，他们更有自己的个人的学术活动学术预期学术名望学术项目学术出访学术时刻表与学术自信和学术风格学术个性，他们是"这一个"，他们习惯于做独胆英雄，他们习惯于单挑独鸣，与众不同，与俗鲜谐，自成一格，放在哪儿都显出个人的光芒来。

然而编辑与出版更多的是一种组织工作，群体的工作，服务即侍候人的工作，太"有"了就干不成了。上述的那些清高和自爱的学人们则没有至少是缺少"无"的功夫，他们从不把目光放到自己的"无"上。他们不可能虚怀若谷地去团结作者服务作者，他们自己就是优秀的作者，他们凭什么跑来跑去为他人做嫁衣裳？他们自身就是行家里手，凭什么再去请教别人倾听别人？他们的师长、同学、同行、同道、私淑弟子至少是跟随者信奉者崇拜者已经很多很多，何必再去扩大作者的队伍与上心维系原有的队伍呢？像《读书》服务日"这一类劳什子，清纯优秀的学者们是不屑于去做的。

　　这里所说绝无扬编辑而贬学者之意。学者有自己的无，不跑腿，不看人眼色，用不着太左顾右盼也用不着四面八方统筹兼顾，不费太多的时间做行政公关方面的俗事，也绝不轻易放弃自己的观点——不论你是泰山压顶还是蛤蟆闹坑，能够两耳不闻窗外事一心只读圣贤书一条道走到黑；这样，才能我行我素做得成学问，成为至少是希望成为一代学人的代表人物，最后还能成为一代宗师一代昆仑。这样也才能明辨是非，臧否清晰，党群伐异，生命不息，战斗不止。

这样的好学者也许可以对学术思想思潮本身做出精彩的贡献，他们也许能写出好文章写出好书，也许他们能提供一种独特的声音独特的角度，也许他们能编好一种学派刊物学派丛书或者同人刊物流派丛书，但是他们无法像三无人士沈昌文、吴彬一样编出那样的宽阔、影响和质量来。

有之以为其利，无之以为其用。老子的这一命题用在这里就是说，"无"并不真是什么都没有，你真找几个"大草包"，别说编《读书》，就是编《麻将指南》也不会编得好的。他们的"为其利"的"有"是有追求，有操守，有容量，有热情，有思路，有服务精神，敬业精神。他们是有一种真正珍惜编辑这个事业的态度的，他们不玩票，不会采取此处不养爷自有养爷处的高雅的，不让他们编了，他们确实很失落很悲哀，这是不可以嘲笑的。当然，为其利还因为有前辈和有关领导的支持爱护，有沈文中提到的众师长和同人的支持，有这么一个刊物，有三联书店的影响和领导，更有以北京为基地的这样一个人文环境（各地奋起效《读书》之"尤"者多矣，都有不小的成绩，但是整体上看，差多了，原因即在此）；如果这些主客观条件都是无，你还能闹出个啥来？

有了上述这些好条件，那就看你能不能无之以为其用了，不能无之而是太多的主观性自我性，就会把好端端一个利，一个已有的"有"渐渐糟蹋掉。

有之以为其利，无之以为其用，说明的有与无的互补关系，叫作"有无相生"。还可以说，"无"是"有"的一种存在方式，是"有"的一种升华。"无"是一种趋向于零的心态，并不就是零。那么趋向于零的心态又是怎么样的一种状态呢？一曰以无限作为参照，有极大的胸怀。如果以零作参照只有极小的胸怀，就只能趋向于无限大了。二曰这种无是一种弹性，不是刚体的不可入性。三曰容受性，如老子讲的，一所房屋，因为它的四壁之内是无，才能使用，反过来说，如果你的心胸的库房已经满满堂堂，必然丧失了一切容受的可能。四曰服务心态，自己既然是无，其用便在于为众人的有服务。最后是无我状态，无欲则刚，有容乃大；也不可能绝对无我，然而，老子说得好，无私，故能成其私。太私了呢？便只能闹笑话啦。叫作：有到无处渐应手，有到无时正得心。叫作：无是一种大有真有的状态；更是一种真有万有而不是私有独有的契机，是万有的生长点万有的源泉——是故有生于无并且有无相生，是有的最高形式。马恩也是这样论断的，无了产才有未来，无了锁链而将拥有全个世界。治大国如烹小鲜，何况办一个刊物乎？沈昌文和沈以前的《读书》诸君，其实办刊物办得平平淡淡，状态似是老农收麦子，麦子熟了收割就是啦，这就近于无为了。来了好稿子，有时候带着泥巴带着草屑照用不误就是了；有一点点辛苦，但算不上什么大事。而撅着腚努着劲捶着胸急赤白脸割麦子的都是力巴头。力巴也没关系，肯于学习肯于继承一切好的东西就大有希望。知之为知之，不知为不知，是知也。说明无其实也可能即是一种有，承认无知其实正是一种知，换句话说真正的知必然认识得到自己某方面的无知，自知之明恰恰是最可爱最难得的知。而最可怕可厌可笑的是明明无知却自以为什么都知道，强不知以为知，是一种愚蠢更是一种成事不足坏事有余的罪过。

无能云云，一种是真无能并承认自己无能，这是中上。有一定的能力但更看到自己的无能方面，从而团结和聚集所有的有一得之见者，并把他们的力量集中起来发挥出来，这是上上。自己有能并从而以自己为中心搞自己个人的一套，虽然自己有所建树却失去了助力失去了磁性，这是中下。而自己无能，偏偏作有能状作教训旁人状呢，那就是下下了。

用抽象一些的语言来说，上善以有为无、存有用无、知无守有；中善以无为无，无用无害无咎（这是无的低级状态）；下善以有为有，终无大用（这也是有的低级状态）；甚恶以无为有，欺世盗名，害人害己。

至于无我，对于某种类型的人就更痛苦更困难一些了，呜呼，三无亦大不易矣，呜呼！

目 录

自述

出于无能

沈昌文

到这篇文章刊出之时，也许可以在熟人之间吹一句牛：我已经整整干了五十年出版。五十年，不是小数了，满够吹吹的。五十年里，有三分之一年头在编《读书》杂志，似乎更可以一吹。因为据说这杂志名满天下，至少是一度名满年轻的知识界。

其实，说五十年，已属夸大。连头搭尾，无非在出版界正正式式干了四十五年。以后五年，已经让你"颐养天年"了，只不过是自己还赖在这行业里插科打诨混日子而已。至于《读书》杂志，尽管在这里担任过什么什么名义，可是第一没赶上创办这杂志时一年光景的最辉煌岁月，第二在大部分时间里都只不过在这里干个兼差，到了最后的几年，有可能一心一意、像模像样地来干一番了，可是裁判员 time-out 的哨音响起来了。

朋友们约我回忆《读书》杂志，当然可以让我满足自己的发表欲，但更重要的，是觉得应当趁这机会把编杂志的真实情况说说。我在这杂志年头不少，不过所干的活，充其量是一个"管家"。我们（我和几位长期坚持的同事）之所以可以在中国社会转型的最复杂年代里，把一个思想评论杂志长期坚持下来，读者越来越多（从两三万到十三四万，这也许可以说是"发扬光大"吧），靠的无非是认识到自己的局限和无能。为了写这回忆，把这意思同老同事吴彬、赵丽雅她们商量，大家都赞赏这看法。因一己之无能，才能联络到那么多的能人，把这么一个其内容远远超过我们知识水平的杂志，有声有色地办了恁多年——这可以说是我们的共识。

下面是一些回忆片段，大体上按时间顺序写的。

一、思想评论杂志

《读书》杂志创刊于一九七九年四月，实际筹划工作是从一九七八年底开始的。一九七八年底，这是中国历史上的重要时刻。八十年代人们艳称的"十一届三中全会"，就在这年十二月召开。想象得出，这次会议过后，思想界包括出版界的活跃盛况。在这种情况下怎么会产生这么一个杂志，我无法言其详，但有一点是确定无疑的，那就是在当时的思想氛围下，一些屡经沧桑的老人想重新办起个他们创办过的理想的杂志。我以后在《陈原出版文集》中读到：

"抗日战争胜利后，我回到上海。生活书店把原来一个宣传推广的刊物《读书与出版》改成一个以书籍为中心的思想评论的综合性杂志，由史枚主编，一九四七年春史枚调香港，由我接办。编委会有周建人、杜国庠（守素）、戈宝权、陈翰伯和我五人，我们每个月聚会一次，定选题，分任务，一直出到一九四八年冬，因政治环境恶化而停刊。回头一望，这个杂志在那'黎明前最黑暗的'时刻，起了我们预想不到的作用，特别是第一线刊物《民主》《消息》《文萃》相继被迫停刊，这个小刊物对国统区广大读者还是起到一定作用的。"（第464页）

很明显，后来确定的《读书》杂志的宗旨——"以书为中心的思想评论刊物"，所来有自。我当时并不很知道这个宗旨的分量，无非是执行而已。有一天，听一位舆论界的领导人在嘟囔：一家出版社，怎么办起思想评论杂志来了，那不已经有了《红旗》吗！这一下，我才怵然有觉，知道自己在干什么。

回头看看创刊当时的组织安排，应当也是大手笔所为。《读书》创办时，是属于国家出版局政策研究室的，机构则放在人民出版社，出版名义是生活·读书·新知三联书店（当时不是独立机构，仅有一名义而已）。的确，这一来，出版界的各路英雄豪杰有很大一批集合在一起了。

我不是一个坚定的马克思主义者，也不是坚定的别的什么主义者。等到我不时因为自己没把"思想评论"搞好而到有关机关去做检讨时，心里免不了常常浮起一个念头：干吗还要搞什么"思想评论"呢？咱们不如专门去做些书刊评介得了。在老前辈们的主持下，总算没让我退缩。现在来看，前人们为我们创办、设计、坚持了这么一个"思想评论"杂志，它的意义和价值，实在不下于我们后来盖造的那座大楼。我敢说，三联书店后来在我主持下，费尽牛劲盖个把大楼也许还算勉强做到了，可是就我个人说，怎么也不会有这魄力和能耐去办出一个"思想评论杂志"来。

二、"CC 俱乐部"（一）

《读书》的老前辈，列出名单有一大批，细说太繁。这里只先说两位"帅上之帅"——陈翰伯和陈原。

"文化大革命"中，两位都是出版界"黑帮"头头，屡被戴高帽子游斗。特别是在反"复辟回潮"时，被认为是出版业"复辟"主将，"革命小将"们于是将这"二陈"命名为"CC 俱乐部"。应当说"小将"们看得很准，因为其后，虽然形势丕变，但凡论及改革开放早期出版界种种兴革，都离不开这"二陈"大名，尤其是提到《读书》和人民出版社、商务印书馆。至少就我在《读书》的经历而言，将此 C 与彼 C 合称，信其不诬也。

陈翰伯同我说事，常说的一句话是：我点头你就做，我摇头你甭干。凡事一弄清情况，他马上就 yes or no，绝少拖延不决。但这不是说他没民主作风。《读书》一九八一年四月号上那篇《两周年告读者》，是他亲自执笔的。此老当时已贵为全国出版行业的最高行政主管，但还是四十年代办报的那种亲力亲为作风，亲自为报刊写社论。他为写此文，找我谈了不止一次，了解情况，征求意见。后来写出初稿，再让我提意见。我当时为创刊号上那篇题为《读书无禁区》的文章，觉得压力太大，请他关注。他要我仔仔细细地说了情况，于是在文章中加了一大段态度鲜明的支持这篇文章的话。此后十多年，我不时诵习此文，深深觉得自己同前辈相比差距太大。十几年里，我为《读书》执笔的代表编辑部说话的文字可谓多矣，可哪一篇有过如此鲜明的态度！

陈翰伯老人同我讲的另一番话，也是我永远牢记的。

有一次，我为《读书》写了一点什么文字，拿去给陈老看。他看后找我去，郑重其事地对我说：沈昌文，你以后写东西能不能永远不要用这种口气，说读者"应当"如何如何。你知道，我们同读者是平等的，没权利教训读者"应当"做什么不"应当"做什么。你如果要在《读书》工作，请你以后永远不要对读者用"应当"这类字眼。

我以前多次听此老发挥过永远不要把《读书》办成机关刊物的宏论，说实话，听后并没有太在意。这次此老一发挥，我听了以后，从根本上改变了自己的业务观念。到《读书》前，我已有近三十年的编辑出版工龄，可算已是老于"编辑"此道了。但是可怜见的，到了这时，我才懂得编辑对读者的正确态度应当如何。《读书》以后的许多做法，都是在陈老这番谈话的影响下产生出来的。

三、"CC 俱乐部"（二）

另一个"C"，即陈原先生。此公同我较熟。一九五四年，我在人民出版社当校对，忽奉派到总编室给总编辑们当秘书。当时陈原先生是领导成员之一，我就坐在他对面。如是者几年，日日受他熏陶。可以说，这几年是我一生的出版学徒生涯中收获最多的一段，我称它为我的"研究生阶段"。照这说法，陈先生当然是我"研究生导师"了。

现在陈原先生主持《读书》，他的种种主张，我听了下来，许多并不陌生。原来一九五七年以前，他们这些解放后中国出版界第一代元老，思想开明的，天天所议论的振兴出版的做法，大多是"以文会友""言之成理，持之有故""作家是衣食父母""开放唯心主义""重印解放前学术旧著""研究日本明治时期的翻译经验""拿来主义"等等，谈及的作家主要是陈寅恪、陈登原、陈达、张荫麟、陈岱孙、吴文藻等等。这些"话头"，我天天耳濡目染，等于白天黑夜都在给我上新课。可惜的是，到一九五七年话头都给打断。过了二十多年，基本上还是这么些人，又借《读书》杂志把"话头"接上。现在来看，情况比较分明：四十年代的一些开明知识分子，提出了关于发展中国思想文化的话头，但他们并没有可能实现自己的理想。（这类"话头"，可能源头还在"五四"，恕我浅学，难以说清其间关系。）五十年代上半期，想接这"话头"，没接上。直到八十年代初，才接上。这几次接"话头"的活动中，陈原先生秉其才干，应当说都是干将或主将。也正是这样，《读书》的资源应当说是几十年前就已准备了的，所以一创办，就能办出名声来。

陈原先生在《读书》提出种种纲领、主张，最后还要审定重要稿件。他为人温和，不如翰伯先生的峻急，但在关键问题上也绝不妥协。记得有一位著名的诗人和翻译家，写了感时的旧诗在《读书》发表。某日我们忽然收到署名"某某办公室"的来信，并附一文，批评说这些诗反党反社会主义云云。这文章发不发？《读书》众帅反复讨论，最后，陈原老一句名言，获得大家首肯："《读书》的性格，应当是容许发表各种不同意见，但不容许打棍子。"此文经各人反复阅读，认为不是争鸣，而是"棍子"，乃退。

《读书》的性格，经过这件大事，我们这些后辈又更加清楚一些。

说到这里，还需要特别提一下作为老共产党员的这两位CC的一个教导，这更是对我整个编辑生涯产生重大作用的。大家知道，办刊物时常要受命"回顾"或"检讨"。黎澍同志生前一次即向我十分感慨地说，刊物这玩意，白纸印上黑字，多久以后即使再情移势转，人家也可以根据你当时的文章同你算账。我在《读书》，一个任务就是专门应付这种"回顾"。其时当然紧张万分，乃至惊慌失措，上海人的坏脾气"投五投六"至此毕露无遗。这时两位老人总是劝我定下心来好好学习新近的党的十几大文选，以及邓小平同志的有关文章。他们的想法很干脆：任何临时举措都是这些文件管着的。你学后觉得自己所做大关节不错，没有违背以上文件的大精神，便不必慌乱。若不是两老常让我吃这种"定心丸"，我那时不知会走到什么错路上去，到了今天七十岁就不能这么悠闲地回忆往事了。

四、"哪壶不开提哪壶"

《读书》创办初期，事情也真好做。我们觉得哪里有文章可写，组织几个朋友写文章"冲"一下，似乎就能赢得一大批读者。那时的"社会效益"，至少在我个人理解，指的就是"冲决罗网"。当然也有界线，比如顾准的文章，尽管极为欣赏，当时只发表了一些（应当说顾文是《读书》杂志首先在国内发表的），但有的就不敢发。

如是冲法，不久就有报应。社会上一桩桩大事出来，要传媒检讨过去。我是奉命代表杂志同上面对话的。我自小当过秘书，同上面对话这套活路还擅长，总之不抗命就是。多半是运气使然，居然每次检讨还都过去。每次同我一起开会的商务印书馆的一位领导以后同我说过，想不到你运气那么好，每当要议论你们的事，总是有别的大事把上面的注意力岔开去了。

但做事不能只靠运气。以后咋办？去请教管事的朋友。一位官场上的老朋友点拨我说：你们的问题很清楚，是

"哪壶不开提哪壶"。回来细想，这话对极了。我们原来的思路，多半是看哪里有事儿会热，或已经在热，赶紧去凑把火。我们又不是新闻杂志（那时说实话也没那么多的新闻杂志），干这干吗？

打这以后，决心避开热点。首先要有信心，究竟当前是改革开放的大形势，路数尽多，何必拘于一点二点。许多问题看来很冷，你可以去把它们烧热，热到了大家都来关注的时候，赶紧抽身。记得某年是"文革"多少周年，不少同行在准备大制作。我们根据"避热"的设想，把同"文革"有关的文章，在三月份前全都发完。到有关指示下来，我们已经两手空空，欢欢喜喜地同大家一起遵命行事了。听说有少数同行，因未见及这点而遭"灭门"之祸。

说这么些故事，似乎在张扬自己的乖巧机智。其实，归根结底说来，即使乖巧，究竟并不是行事的基本。《读书》编辑部内，更不用说编辑部外，有不少耿直的朋友，他们在十几二十年里为《读书》作了贡献而最后却做了"焦大"。我相信，这些"焦大"绝对比我辈更关心中国的进步，而最后却给嘴里塞满了粪。我们谈论乖巧，绝不要忘记往往是这些"焦大"们为我辈乖巧者铺了路。就以上面那位朋友说的检讨过关的故事来说，我清楚地记得有那么一次，正在讨论《读书》问题的节骨眼儿上，有一个"友邻刊物"出了大事，领导忙于到那里去灭火，只能让我在会上枯坐两小时愉快的冷板凳了。这里，显然是同行中的某一位"焦大"无意之中帮助了我！

五、史老

谈起"焦大"，我眼前会浮现出一个个热诚的朋友的影子。这里先要讲的，是人们不大了解的而同《读书》关系极深的一位老人——史枚先生。

史老是《读书》创办时的执行副主编。他是三联书店的老前辈，又是革命工作的老长辈，据说他在三四十年代担任过上海共产党组织的什么什么领导，直至被捕。一九五七年此公受厄，情形也十分戏剧化。当时他对支部一些事有意见，写大字报提出，进而又条分缕析，越说越带劲，到了"反击"开始，他还兀自不休，坚持自己的看法，终归覆灭。在这前后，我们就在一个屋子里工作，天天听他议论，不敢接口，只是暗中奇怪他的执拗。

"文革"中间，史老也要参加"战斗"。他找了半天，找到我以及另外几个同事合伙，从事写作。他知道，我们这些人不会同他"窝里反"。干校期间，我同史老又在一个班排劳动，在当时生活极其困难的条件下，他又是一个大名鼎鼎的"老右派"，却每天要站着读马列著作（主要是《反杜林论》）个把小时。为什么要"站读马列"（完全没有人强迫他），我请教过他，他说习惯如此。此外，此公不苟言笑。闲书似乎只读《诗经》。又再读些、写些经济学方面的东西。

　　我进《读书》，有一部分原因可能是冲着他。因为以此老的固执，很难找到彼此知心的下手。我也许勉强可算上一个。我在未进《读书》时即同他闲谈过这刊物，也听到一些传闻。据说创刊号那篇极为叫座的头条文章《读书无禁区》，原来标题是"读书也要破除禁区"，他改为如此。这一改，使我以后每次都要在向上面检讨工作时用好多口舌说明读书毕竟还是要有禁区，此文的标题只是"文学笔法"而已。我知道，我的解释史老不会同意，但在我而言，固亦不得不尔，此"焦大"与"焦二"的区别所在乎？

　　史老编杂志，不主张改动作者文章，遇有同作者不同观点时，写编者按语交代。这种"君子坦荡荡"的作风，显然不大适合实际情形。我佩服他，而又不得不婉言相劝，企图改正他。到无奈时，他愤然掷稿而去，说："随你们办！"我知道他不会太生我气，也就妄自行之了。

到了一九八四年，出事了。那时社会上出了什么大事，史老据说给上面什么人写了信，内容当然又是不识时务的。以后传闻挨了批。所有这些，我都不知详情，因为辈分太低，不必与闻。某日下午，史老找我闲谈，情绪激动，对时事讲了许多个人看法，说时往往前言不搭后语，词意不甚连贯，要不是我在事先已有一些"小道消息"，准保听不懂他在说什么。我毕竟不更事，没有看出他的这种异常的严重性，只是保持平时习惯，"执弟子之礼甚恭"，洗耳恭听，间或劝慰一二句空话。他谈了几十分钟，愤然回家。

哪知就在当天晚上，出了大事。第二天凌晨，史老家里来电话，说老人家当晚脑出血，早上已送医院。我赶到医院，他已经人事不省。没多久，溘然长逝了！

我们以后经常以史老为戒，处理稿件和问题更求婉转妥帖。但我当时即已感到，现在回忆往事时更加省悟到，就人品言，我学得的这点所谓人情世故，哪及得上史枚老的耿直。他是为《读书》开路的若干"焦大"中比较典型的一个！

六、"《读书》服务日"

既不便直抒胸臆而又要办"思想评论"，我们这些人水平又低，怎么办？大约就在史枚同志去世前后，我们想出一个办法：多向社会请教。

上面说过，我从一九五四年起就接受了"作家是出版社的衣食父母"说，还受过陈原诸长辈的"以文会友"的训练（例如，当时我背过若干文化名人的字、号，因为如给冯友兰先生写信，直称"友兰先生"据说为不敬，人们教我要称"芝生先生"。这种训练，现在在后人看来当然只能成为笑柄了）。"文革"中，包括我在内，又都反过来批这"谬论"。其甚者，还连作者一起批上，因为他们中间有不少是"地主资产阶级的孝子贤孙"。但是，这毕竟很快过去。到八十年代初，我们已经视目这批判为荒谬，而更加信从一九五四年接受的主张了。

其实《读书》开办之初，老领导就十分注意向社会请教。陈翰伯老人等据说亲自带董秀玉等同事在北京和去外地求教。我去《读书》后，觉得这是一个好办法，但当时没有经常做，还没制度化。起先也凑热闹办过一些"沙龙""俱乐部"之类，但依我多年在"阶级斗争"风浪中的熏染，觉得这些名义都不保险，每次这类集会都好像在做地下活动。例如"俱乐部"，依我这年龄，一听见这词，想起的就是那年头被批过的"裴多菲俱乐部"，这如何可以搞得？正在无奈间，某日看到电视机厂在搞"售后服务"，忽然悟到，我们的"衣食父母"，无论作者读者，都是顾客。彼可"售后服务"，我辈文化人岂不可乎？因于某年某月，正式打起《读书》服务日"招牌，像像样样、大大方方地干起来了。

"《读书》服务日"每月至少一次，租个咖啡馆，摆上十来张桌子，请我们的作者、读者随意坐下，随便喝咖啡聊天。我和几位同事周旋其间，借机了解信息，讨教主意。有一些常客，每月必来，譬如王蒙先生，对我们帮助尤多。我们强调此类集会没有主题，不拘形式，甚至有时分不清来的是谁。偶尔开过一二次有主题的座谈会，后来觉得，终不若这种散漫的形式更有收获。因为是"售后服务"，商业操作，心中了无牵挂，不必临深履薄，所以容易办下去。有时也有洋人驾到，我们只假设是他们来采购东西的顾客，同样接待，心中并无"里通外国"的畏惧。更有甚者，有的企业家兼文化人光临，谈得高兴，临行掏出支票，说今日全由他付账，我们也觉得却之不恭，受之不愧。记得那位牟其中先生，当其未最发迹和未最倒霉时，即常有此种豪举。

"服务日"过后，够我们编辑部消化好长一个时候。大家兜情况，想选题，深入组稿，所有这些这时都有了动力。我们编辑部里边，小猫三只、四只，不靠社会力量，焉克臻此。尤其是前面说过的，既要避开热点，又要找寻未来的热点；既要谈思想，要评论是非，又非得借助于已出的书（此之谓"以书为中心"），没有一大批文化人的群策群力，这些绝难办到。好在编辑部里边实际办事的人包括我在内都是"小文化人"，胸无成竹，事无定见，学无定说，不受一宗一派拘束，更无一恩一怨羁绊，因而接受大文化人的种种指教窒碍甚少，关系容易融洽。我以后常说，我们的这种方式，可称"谈情说爱"，办法是同各色各样的作者、读者交流思想感情，目的是从他们那里汲取知识资源。而所有这些，说得难听，实际上还是一种对知识资源的"贪污盗窃"，只不过彼此都心甘情愿而已。

我很珍视当年《读书》杂志这种谋取社会支持的"系统工程"（恕我学习使用这类大字眼），它帮助我们这些小人物把这么一个刊物坚持下来。

七、思想性和可读性

《读书》局面一打开，便面临一个思想性同学术性的矛盾问题。这是时时困厄我们的一个难题，必须把它解决好。

搞思想评论，不得不求助于学问家。因为有了学术底子，思想评论方有深度。有时限于语言环境，更不能不多关涉些学术。但是《读书》究竟不是学术刊物，"学术"这个差使我们没法全都包下来。要同"学术"挂钩，而又不能专门谈学术，难矣！

八十年代是个新见迭出、佳作纷呈的年代。不管你谈不谈专门的学术，一个无可避免的问题是：新、奇、怪。这三个字当年出诸刘心武先生之口，标明有识之士对这问题的重视。但这一来，矛盾又来了。简单说，就是不少人觉得新、奇、怪的文章看不懂。当时吴甲丰老人的反应最厉害。他举了"机制"一词同我们再三讨论，认为太洋气。他当然精于洋文，也完全知道 mechanism 这词儿，可就是不习惯"机制"这劳什子。另一方面，《读书》周围年轻朋友越来越多，他们再三提出，过去一辈学人思路旧了，思维方式太老，要通过《读书》去改造他们。所有这些，对《读书》都是个严重挑战。乃至在编辑部，有时分歧也很厉害。

我们开了些座谈会，听取意见，就我个人说，会上吕叔湘老人的话最让我心折。他说：

"《读书》有《读书》的风格，这就不容易。很多杂志没有自己的风格。什么是《读书》的风格？正面说不好，可以从反面说，就是'不庸俗……'可是'不庸俗'要自然形成，不可立意求'不庸俗'。那样就会矜持，就会刻意求工、求高、求深，就会流于晦涩。

"新不一定就不好，但也不一定就好。……比新不新更重要的是货色真不真。但是辨别货色真不真要有点经验，而认识新不新则毫不费力。因此不知不觉就以新为真了。（当然，也有人认为凡新都假。）

"编《读书》这样的刊物，要脑子里有一个 general reader（翻成'一般读者'有点词不达意，应是'有相当文化修养的一般读者'）。要坚守两条原则：（1）不把料器当玉器，更不能把鱼眼睛当珠子；（2）不拿十亿人的共同语言开玩笑。否则就会走上'同人刊物'的路子。同人刊物也要，一家之言嘛。但是不能代替为'一般读者'服务的刊物。而况《读书》已经取得这样的地位。"

吕老真是认真，会上说了话，会后又寄来自己亲笔整理的信稿，因此我可以如上原样引用。打这以后，编辑部再三磨合，大体上有有这么些共识：必须鼓励新见，更要发掘新见，但无论新见旧识，着眼点都首先是是否能在思想上促进中国的现代化，而不是其他。其次，《读书》不是学术性杂志，文章可读与否，是它的生命线。它是知识分子的高级休闲刊物，应当可供他们"卧读"，而不是同人的学术杂志。我甚至还这么说过，在这新潮迭出、佳见纷呈的年代，也许我们要修改一下"内容决定形式"这一老规矩。对当前《读书》来说，来稿如此丰富，因此选稿标准在不少情况下也许是"形式决定内容"。把形式上的可读放在第一位，是此时此地吸引读者的重要办法。这话给学者们听了当然不以为然，但在我辈文化商人说则可能是必要的！

总而言之，思想性和可读性，应是《读书》杂志始终不渝的目标。在这想法之下，我们以后发表了不少有新见而又写得好看的文章，例如赵一凡、钱满素、张宽、崔之元、汪晖、樊纲等学人的专论或通讯。无论新老学人，赞同或不赞同他们的观点，都觉得文章是如吕老所说，不拿"十亿人的共同语言开玩笑"的。

八、得道多助（一）

一说到吕叔湘老人，我按捺不住，禁不住再写一些。

我是编了《读书》才认识吕老的。不过此前闻名已久。在我十几岁在上海某个角落里工读的年代，所自学的书文，不少出自吕老的笔下。特别是英语，要没有他的书（还有上海葛传椝教授的书）的指点，以我在上海工部局小学受到的那些基本训练，似乎终也读不成一本英文书。编了《读书》，我常去他那里请教，把我的自学情况告诉他，求他指点。从此我们熟起来。

吕老关心《读书》的程度，真是我从未见过的。每期杂志一出，没几天，往往就会收到一信，谈他的意见。我知道他喜欢这杂志，但也有不少意见，特别在排校和语言上，认为杂志的毛病挺大。他对我的责备有时很严厉，特别是觉得我们办事不认真，编校把关不严，但鼓励也多。像一九八九年十二月这样的信，几乎经常收到：

"12期断断续续翻看了大约一半文章，发现一些误植，另纸录呈。我总觉得误植太多总是《读书》的一个缺点，需要在条件允许的范围内改进。顺祝新年逢凶化吉，遇难成祥！"

但他不只指出缺失，还不断表扬佳作，特别是积极表扬年轻人的文章，如一九九一年八月一信中说："我最佩服的是樊纲写的《股份制度考》，与上期所登合看，使我这样的外行也明白了股份制度是怎么回事以及结合中国目前情况的利弊得失。不像有些文章，看下去似乎句句都懂，看完了却不知道是怎么回事。"

吕老最关心杂志上文章的可读性。有一次，他来信谈到文章中的"新名词"和"新句法"，他说，这些"一望而知不是汉语里固有的东西，而是从国外'引进'的。既是从外国引进的，那就应该很容易翻成外文，可偏偏总是翻不过去。如果照字面硬翻，外国人看了也不懂。这就值得我们好好地想一想"。不过，尽管如此，吕老还是大体肯定了《读书》上的文章，他在另一封信里又说："这样的文章在《读书》里毕竟是少数，多数文章都还是鲜明生动，能让读者手不释卷的。"

他不大赞成用"代沟"来解释文章不可读的合理性。他说："不同年龄的读者题材的兴趣可能有不同的倾向（其实也不尽然，在年轻人中爱好古典文史的也大有人在），至于在质量高低、文字优劣的鉴别上，顶多有些小出入，不会大相径庭。如果有一'代沟'观念横亘胸中，那就在稿件取舍上难免会出现偏颇。希望您和秀玉同志再同编辑部诸位同志研究研究这个问题。"

吕老除了指正错失外，还告诉我不少学问上的门径，乃至改正我的信上的失误。有一次我不知为何用了"如何如何厉害"来形容事情的极致，他说："'利害'乃正体（广东语言可证），'厉害'是 folk etymology，只是因为鲁迅这样写了，很多人跟着写。"

吕老知道我编《读书》只是兼差，因此他还关心我的整个业务。有一次他直率地指出："我觉得三联在组稿、编排、装帧等方面胜过其他出版社，但编辑校对方面太薄弱。想亦有同感。"

在这样的老作家耐心扶植之下编一份杂志，你说有多幸福。何况，《读书》周围的这样的作家何止一个两个，吕老以外，金克木、张中行、柯灵等等，还可举出许多。金克木先生对我的教诲，不如吕老的具体，但一读他在《读书》三周年时写的短文（刊《读书》一九八三年第一期第140页），便可知他对我们的关注了。

九、得道多助（二）

对《读书》的编辑工作有帮助的，还有相当多无名的读者，也就是吕叔湘老人说的 general reader。我是每天晚上才有时间编《读书》的。下班前常常要找些东西带回家去做，其中《读书》的来信来稿，我总是等不及管文书的同事处理后再交给我，而从收发室迫不及待地直接取走。原因无他，这些大部分是陌生的读者，对我来说太重要了，等不及到明天再读到他们的信稿。

我已不大记得这些无名读者作者的名字，现在也难以查考。记得上海一位刘宏图先生，几乎月月来信，后来成了朋友，现在听说已经作古。秦朔、黄湘等若干位大学生，当年也常来信来稿，现在都已学有大成。我手边保留若干记录的，是一位沈自敏先生。

沈先生在社会科学院近代史研究所工作，因为离得近，几乎三天两头照面。他是积学的专家，也搞翻译，并非"无名"，说他是《读书》的作者更为相当。但他不多写东西，而很愿向我提意见，遂更莫逆。他对我提的很重要的一个意见是：《读书》多年经营，已成"风格"，整个说"风望"也还可以。目前比较需要努力的，是"风骨"。自此之后，我们谈话总是离不开"风骨"一语。沈先生博学，风骨问题往往从刘勰等人谈起，而我只略知沈先生的征引，而未能细细寻绎文意。但即如此，也知道他的意思是勉励我们要保持自己独立个性，不为种种上上下下的流俗所影响。"风骨"之不足，正至少是我个人缺点之所在，沈先生是看得很准的。同他谈一次，我就惭愧一次。沈先生身体很弱，往往扶病拄杖而来，这本身就象征着一个自由知识分子的风骨，宁不令人感动！

一九九七年沈先生逝世，他的讣告中有这样的话，更加深了我对他的认识，亦可见此的"风骨"是为人所公认的：

"沈自敏先生为人讲原则，有一贯之道，正直耿介，心口如一，对学界的不正之风和社会上的丑恶现象或是痛斥或是嘲讽。而对于朋友，他总是热诚相待，对于子女，更是舐犊情深。他无世故城府，有赤子之心，好与青年结忘年交，与他们促膝探讨书中事，议论天下事。他的过世，使家人、亲属和朋友的世界顿失一种声音、一种颜色。"

我常常要在《读书》的编后絮语里发点牢骚，其实大多也只是无病呻吟。但它们之所成，大多得力于编杂志的当晚读到的读者来信。奇怪的是，我在"编后絮语"里欲吞又吐的那几句话一发表，不三几天就会收到读者的反响。他们不只完全了解我的心曲，而且表达了充分的理解和支持。所有这些，都使我觉得，耗一点业余时间来编这杂志，不只不冤，而且是我在艰难的文化"爬坡"活动中最大的精神支持。

十、得道多助（三）

办成《读书》，不只靠知识界有名、无名人物，当然也要靠官场，即领导。我在上面，似乎只讲上峰对我们的要求，而未及对我辈呵护的一面。这显然不够全面。

一个思想评论杂志能坚持二十来年，没有上面的宽容是难以办到的。这里举两件事。

我记得，一九八三年中，社会上有些大事，什么什么地方一讨论，有地位很高的人觉得《读书》问题不少，甚至连它的存在似乎都成了问题，至少要改变性质，不再是"思想评论"，而成为纯粹的书评刊物。大伙儿为这愁得不得了。

一九八三年夏天热的时候，要我去开一个会，说是传达胡乔木一九八三年七月二十九日在全国通俗政治理论读物评奖大会上的讲话。很奇怪，乔公开讲未久，忽而讲到了同通俗政治理论读物似乎关系不大的《读书》杂志。他指出这个刊物"编得不错，我也喜欢看"。《读书》存在的问题，主要是"不够名副其实"，没有"满足广大读者更多方面的需要"。接着又说：《读书》月刊已经形成了它的固定的风格了，它有自己的读者范围，可能不宜改变或至少不宜做大的改变。"他希望仍然把《读书》杂志办下去而另外办一个刊物，来满足另一些需要。看来，乔公已经知道有一种声音要停办或对它作"大的改变",而他显然并不支持这意见。听到这里,我简直要跳起来——喔!这不解放了吗?

原先以为,"淘气"一场,闯了大祸,现在如此结局,简直喜出望外。当然,这不是说我们已有的"淘气"都淘对了。以后,在众帅爷领导下,大家好好总结经验,的确也发现不少做错了的地方(例如前面说到的"哪壶不开提哪壶"),由是改变了一些做法。但由这,我们产生了一个想法。这就是杨振宁博士近来关于教育问题说的话:"淘气好玩的孩子好不好?我的回答很简单,我觉得很好。也许淘气的孩子会做一些打破一件东西的事,但从长远看这没有特别的重要性。"我们编了几年杂志,的确也做了一些"打破一件东西的事"。但是,毕竟通过实践,慢慢琢磨到怎么才能把杂志编得不出格而又耐看。十几二十年,路就是这么走过来的。

胡乔木的这个讲话现在收在《胡乔木谈新闻出版》一书中(第508—524页)。在这本书里,也还有不少别的精彩论述,例如作者常常为下属设想一些具体的选题,对一些文章提出具体的修改意见等等,这里不去说它了,而最为我个人觉得亲切的，便是对我们这种刚刚迈步的淘气行为的宽容。用现在准确的语言说，这大概就是我们常说的"引导"。我觉得，这真是领导文化出版的好方法。

类似的"引导"，还有一次，过程也许更加曲折。

一九八七年某日，忽然收到"胡办"送来一信，其中有乔公写给我和董秀玉女士的亲笔信（秀玉女士当时大概还在香港工作，但她是一直担负《读书》的领导工作的）。我虽然在出版界混迹多年，到这时为止，却从未同部长以上的高干打过交道，更不会有高干知道我的名字。乔公在信中很客气地说，要给《读书》投一稿，是他为自己的新诗集《人比月光更美丽》写的后记，"如何是好，诸希裁夺"，云云。此信看后大惊，因为我在上面说过，此前若干时候，亦有"某办"来信，批评我们的文章反党反社会主义云云，此"办"虽非那"办"，但是都是径直向下级来信，如是所为者何？请教了一下朋友，说看来这只是投稿，并无别故，敬请放心。于是我们复信表示欢迎，并对稿子提了一些意见。乔公全部采纳我们的意见，并说："来信对一个投稿人的礼貌用语似越常规，以后希望平等相待，此不特没有平等就没有民主，彼此说话亦有许多不方便也。"

某日又到上面汇报工作之时，顺及此事，并表明乔公对《读书》十分关怀，着实张扬了一下。不知是不是我个人神经过敏，似乎从此清风霁月，《读书》杂志欣然过关，没有人再嚷嚷《读书》不听话了。我至今不知，乔公亲自作书投稿，是不是亦属对下属扶持或引导，但它确实起了这种作用。我居于底层，不明上峰情形，于乔公更是素昧平生，从未谋得一面，所以此举必无我个人的"人情"在内。想必乔公也是爱读《读书》的，所以偶加呵护。不论如何，故事两则，姑记于此，详细情形容史家另行研究考证去吧。

十一、另一位老人

从《读书》站稳脚跟到成长发展，我个人以为，就内容来说，有三个特色给了我们很大帮助，这就是：专栏文章、海外学人文章和青年学子新论。

这三者似乎是不能分开的。专栏文章中，固然有黄裳、张中行、辛丰年、金克木、王蒙、吕叔湘、柏元、谷林等国内学者的论述，更有大量海外学者的作品，特别是董鼎山先生和亢泰先生，从一开始就给了我们很大帮助。

而在创刊二三年后，国内派出留学的学者成长起来了。首先是张隆溪、赵一凡先生，然后是刘小枫、李长声、丁泽多位，他们和不定期出国的陈平原、黄子平、葛剑雄、王晓明、吴岳添等，组成了一支坚强的作者队伍，成为《读书》的台柱。在这同时，境外的支持也一日多似一日。有标志性的有两件事。一件是在陈冠中先生帮助下，在台北出了繁体字版；另一件是高希均先生出资每期赠送北京的大学生一千本刊物。

在这里，列举大事和开列名单必然是挂一漏万的。我想说的只是，所有这些特色的形成，追本溯源，不能不提及一位著名的文化人：冯亦代先生。

冯先生真称得上是一个蔼然长者。我同他打交道时，常产生一个疑问：像他那么谦和，那么乐于助人，怎么一九五七年也会遭厄？冯先生当时担任《读书》副主编。他同史老两人，一主外，一主内，是领导我们大家的两位副帅。冯先生对《读书》的贡献应当说像海上的冰山，能看到的只是一角，大量淹没在海水之深处。要知道，在《读书》工作过的无论帅、将、兵，大多是搞政治宣传出身的，所熟的是有关宣传部门的人员，社会科学专家，尤其是马克思主义的学者。著名的文化人，举例说，钱锺书、金克木，大概都不是旧交。而只有冯老在这些方面知之极稔。主要是在他带领之下，我们才结识了这些老人。而又正逢其时，这些大知识分子在"文革"劫难之余，极思有所作为。例如金克木先生，找他组稿之初，有人就曾提醒，他是不肯随便写作的，去了多半碰壁。哪知在冯老等人介绍之下，金老不但应允所请，而且每应允一文，往往寄来二至三篇。后来索性将所作一律寄给奔走联系的赵丽雅同事，凡《读书》来不及用的稿件，均可由她代转出去。追本思源，这些都出于冯老的最初引荐。

冯老又精于西文，因此很快通过他开辟了海外途径。首先响应的是他的旧识董鼎山先生。以后韩素音女士等，络绎不绝。最早让我们了解海外社会科学新思潮的重要的，是韩女士向我们推荐的《第三次浪潮》，由这才开始了对"后工业社会"的逐步了解。

冯亦代老人对《读书》的这种贡献，后来更惠及三联书店。一九八六年一月三联书店独立建制，要不是我们在此前若干年里编《读书》时受过冯老等众帅的耐心熏陶，深受启发，并蒙他们移交给我们一大批作者关系，相信凭我（即使连带上极为能干的董秀玉女士）是无法把它办成一个有如此文化品位的出版单位的。一九八七年秀玉女士赴港主持香港三联书店工作，又把这种文化品位带到香港。冯老的默默助人，乐育后进，其成就竟有如此者。现在他卧病斗室，我每次见他，总不免想起这些往事，而不胜惆怅。

十二、"阁楼上的疯男女"

如此这般地宣扬了一番的《读书》杂志，大家知道，实际操作人员并不多。除了众"帅"，实际当差的，包括我在内，三五人而已。也许是人少的好处，这三五人比较能够齐心协力，不大有我告你状，你惹我厌，乃至整个"窝里反"的情形，这可能是办好杂志的根本之一。

《读书》创办之后，社会上找不到高学历的人才。因而我们的从业人员，说得好都是"自学成才"，或如我之自学而不成才。从未公开招聘，都是各方面推荐而得，内部掌握的标准，实际上唯有一条：好人家子弟。"好人家"也者，既不指"红五类"，也不指"黑五类"，只指家庭中文化素质较高，从而品德学识也略好。如斯而已。多少年下来，编辑部人员进进出出，前前后后也终有十数位了吧，这里为省笔墨，只说几位女将，以概其余。

一位是吴彬女士。吴女士在《读书》真正是开天辟地，进来的时间比我还早，可算是元老。原来是工人，似乎是油漆工还是什么的，但是自学甚勤，尤嗜文学。她的优长之一是识大体，明全局，特擅"主外"。多少年《读书》的头条文章，不少由她组写，照我看实在是为《读书》立了头功一桩。吴女士读书博闻强识。某年我赴美，与刘再复先生共席。刘先生谈及自己的研究，忽引诗一首，最后仿佛有"sang fei yi"三个声音。我当场问，"此为何指"，他指了一下桌上的鸡翅膀，说这就是（他以为我没听清 yi 音）。不知我从来于诗词之道极为贫乏，整句诗原就没听清，刘兄指鸡翅膀，更是丈二和尚摸不着头脑，还以为此公现在改行做餐饮了。万般无奈，只好把这三个声音牢牢记住。归来向女才子吴彬请教这个"鸡翅膀"的故事。吴听后大笑，说这不是"身无彩凤双飞翼"吗？我当即赧然。但过去在她面前出洋相已不止一次二次，也就老着脸皮过去了。

　　另一位是赵丽雅女士。赵女士原是卡车司机，因喜读《读书》，在报刊著文评论，从而参加了编辑部行列。她办事不事声张，埋头苦干，特别能做"苦力"。赵女士见作者羞涩寡言，然而分手之后，你也许会收到锦笺一纸，蝇头小楷，骈四俪六，情真意挚，进退得体，使君读后难忘，从而决心引《读书》为知己，为它写稿不休。张中行老人即为一例（详见张老所作《赵丽雅》）。赵女士现在离开《读书》，专门研究《诗经》，以"扬之水"之名，已成巨著一册（《诗经名物新证》）。我相信她的大著并不会"扬之水"，而必然会"扬于世"的。我先后与两位《诗经》专家共事，一是史枚老人，一为赵女士。虽有他们再三熏陶，我至今只会背"关关什么"一句而已（"关关"下两字，识得而不会写，故略），岂不愧杀！

　　第三位是贾宝兰女士。贾女士学历稍强，即所谓"工农兵学员"，不论如何，是有经济学专业训练的。编辑部内，她也沉默寡言，认真工作，不事声张。她主持经济学稿件的编辑工作，二十来年，始终其事。这方面的工作，如前述吕叔湘老人谈到的樊纲先生谈股份制稿，即出其手，

自述　出于无能　**35**

大家都是称赞的。

几位女士，搭上我一个老汉业余操作，共同构成所谓"阁楼上的疯男女"。"阁楼"云云，并非如文学理论家所想象有什么隐喻，只是写实而已。因为在整个八十年代里，《读书》编辑部或居危楼，或入地下，使我辈时时有"过亭子间生活"的感觉。三数人居陋室而不疲，亦不管这刊物是否评上了什么奖（大概从来没有评上过），有什么名声，兀自操作不休，此之谓"疯"，不亦宜哉！

讲到这里，已到全文最后，但还得交代一件重要事实。如是三数人，包括鄙人在内，还有一位年高望重的领导在管着我们：这就是画家丁聪先生。丁聪先生是整个《读书》杂志编辑部中最高龄也最埋头苦干的一位。他不来编辑部，但管《读书》的版式，从创刊迄今，孜孜不休。版式之事，何等枯燥。像我这样的出版学徒出身，到现在也已倦于此事。丁老是著名画家，画作等身，现在为一《读书》，真正献身，成为这刊物地地道道的"无名英雄"。现在"平面设计"大行其道，找人设计版式并非难事，但像丁伯伯（编辑部内，自鄙人以下，均学吴彬那样尊称丁老如此）那样，几十年来始终为这事忙碌，难矣！这里自然还得提一下丁老与陈四益先生的诗画合璧，这也是为《读书》生色的。我相信，丁老喜欢《读书》的，就是 CC 两帅以及其他豪杰所创立的思想解放的风格，所以愿意献身。我每次见到丁老的版式样，总是想到这点，从而产生动力。

十三、谈自己

写到最后，到了"十三"这一不祥之数，现在把它留给自己。

老人爱谈往事，如我辈不学者，更只能借往事来炫耀过去，借此满足虚荣。上面十二则里，明说别人，实际上处处没忘掉自己，在在要唠叨几句自己并不光彩的过去。现在还能说什么？说说思想吧。

我从十三岁离开正规学校，拜师学手艺，十九岁在穷愁潦倒之际幸而考入出版社，当了校对，以此开始出版生涯。我是尝过失业失学的苦的，所以大约在做出版工作的头三十年里，勤勤恳恳，只求捧住饭碗，做个唯命是从的"乖孩子"。接手编《读书》以后，大吃一惊，原来现在要做的事，需要独立思考，不能只靠"乖"吃饭。虽有众

"帅"在位，可以遮阴，但是还得靠自己去思索和操作。

大约在五十年代末六十年代初，我因工作需要，为了反修，学了一些马列。当年影响最深的，是列宁批判考茨基的论述。我们的革命导师指出，"叛徒"考茨基的所作所为，无非是在资产阶级社会里"跪着造反"，这实际上为当时的执政者更好地效劳，而不是革命者所应为，所以称之为"叛徒"。过了二十年编《读书》杂志，遇有思想新颖而职业习惯告诉我要谨慎的文章，我往往想起列宁的这些名言。我当时想，我们允不允许一些人采取言论上"跪着造反"的形式来为我们这个社会更好地效劳呢？

我得承认，我是一个怯懦者，想到而大多不能做到。我当年在编发顾准前辈的文章时，就有过应当允许"跪着造反"这念头，但临了还是扣了一些篇不敢发，更不用说别的稿件了（感谢后来有同行把顾文结集成书了）。所以，对于在《读书》工作的这些年，我所惭愧的只是，许多事没有按列宁的教导认真去做。

还有一点，也是我多年感到不足的。一九四九年，我学过一些新闻学理论，听先师王季深先生说，在延安时凯丰曾对丁玲说，《解放日报》应当打破惯例，好的小说也可以上头条。我在随后几十年里总想学习这种精神，打破陈规旧框，在编排形式上也有一些创新而终未能如愿，始终引为一憾事。直到去年，见到一家同行某期只发两篇大作而成一期，真是大手笔，颇有革命先辈凯丰同志所说的精神。我做编辑恁多年，不只内容，为什么连形式也不敢创新一下呢？

所以，回忆往事，关于自己，只能说声惭愧。一九九三年起蒙准不当出版社领导，专编《读书》，颇思有所作为，但也说多做少。例如作品奖、讲座、丛刊等等，或虎头蛇尾，或畏难缩手。一九九五年底得悉要把《读书》彻底交出，起初颇感突兀，海外朋友更有种种猜测，而后细想，也并非不是好事。因为我过去所依赖的各位，特别是《读书》诸帅，或为古人，或已退隐，现在再想要用"无能"的旧法编杂志，也没辙了。我实在不是编"思想评论刊物"的料，历史的这一页，应当翻过去了。

总结在《读书》这些年，略有所成，均得力于自承无能，于是才能较好地执行《读书》众帅意图，才能同许多名流学人打成一片，也才能少出一些事端。整个八十年代，是英雄辈出的时代。"世无英雄，遂使竖子成名。"现在世多英雄，遂使无能者有效力之所了。这道理是明显的。本文以"无能"为主题，开篇说过，曾经征求吴彬等女士意见，她们都是赞成的。吴女士对此，除赞成外更有新见。她觉得，我们不仅无能，更全面地说，应是："无为—无我—无能"——十足的一个"三无世界"。她这么说，更全面更好。但因原题已打上电脑，也不改了，只把吴女士的想法附记于此，并表赞同，以备参酌。

二〇〇〇年十月

附记：

对《读书》的创办、发展出过力的，当然不止上面提到的这些师友，限于篇幅，无法一一列举，请谅。

知识分子——我们的对象

　　学者告诉我们：我们生活在一个信息的世界里。信息论是当今一门不容忽视的科学。

　　我辈不学，不敢侈谈这类学问，即使有饱学者为之启蒙，怕也未必能全听懂。不过只从"信息"一词的常用意义想开去，却也觉得对编杂志不无启发。

　　编书印刊物，其出发点大概都是为了传布信息。刊物是信息的一种载体，读者才是信息的真正接受者。因此，刊物的编辑必须考虑读者的需要，对读者负责。编辑如果也像某些人所说的那样，可以不顾一切地"自我表现"起来，不说别的，至少是大大有违于传布信息这个简单的出发点。

　　信息是否物质，这是专门家研究的课题，我们未能置一词。但是悬想起来，它也应该有质有量，并非虚无缥缈的东西。

我们传布的信息必须有价值，这是不是可称作它的"质"？有害于"四化"的信息，有的只是负值，当为明智的编者所拒绝。品调不高、无益于读者的信息，也应为明智的编辑所不取。

对于一个刊物来说，信息的量当然越大越好。因此，刊物上废话要少说，尽量传布真实可信的信息。所谓信息量之大小，是相对于每个刊物的读者对象来说的，不是说任什么信息塞进刊物就好。因此就有一个刊物的个性问题：《读书》的读者对象是中等程度及以上的知识分子，我们首先要考虑这些读者的需要。

大体上从上面这些想法出发，我们设想了今年刊物的一些改变。在这第一期上，力求略有表现。例如择稿方针上，力求多登有益于提高社会主义精神文明的文章。还要尽量多发表一些书刊出版的消息。当然，限于人手，只能求其逐步的改进和提高。

现在这样是否比过去略为提高一些，还是没有数的。这一切有待于读者的指正，或者说是：反馈。

《读书》一九八四年第一期

病中的列宁

　　十月革命前夕，一九一七年九十月间，正是布尔什维克积极准备夺取政权的紧要关头，列宁住在彼得格勒一个名叫福法诺娃的人的家里。一天他在住房里偶然读到一本美国人哈伍德写的书，讲美国的农业科学。列宁看后大感兴趣，对福法诺娃说："我们一取得政权，一定要重印这本书。我看每一个干农业的人都要看看这本书，那些农业方面的领导干部，农业和自然科学方面的学者，尤其应当研究书中的观点和结论。"

　　这本书是一九〇六年在纽约出版的，书名：《大地：美国现代农业的成就》。列宁看的是一九〇九年由著名出版家绥青在俄国出版的节译本，改名为《大地新貌》。

　　布尔什维克夺取政权后，列宁果真命令重印这本书，还在自己办公桌上放了许多本，"谁去找他，特别是那些领导农业的干部，他就劝人家读这本书"。

一九二二年，列宁在病中捎信给正在国外的人民委员会办公厅主任，要他收集有关《大地新貌》的所有资料。这位主任大概忙于日常事务，不暇读书，竟不知道这是本什么书，不得不空手而返。列宁后来批评这是一种因循守旧思想和官僚主义作风，它会使人不求上进，看不清前进方向。

之后，列宁病情加重，但他还焦急地对人说："怎么还看不到我们自己的《大地新貌》？！"

一个真知灼见的革命家，怎样努力关心未来，怎样热切了解世界上一切好东西，怎样力求在自己国土上创造"新貌"——这一切，从这里都能看得很清楚。

岁逢甲子，时值新春，万千读者正在放眼世界，注视未来，热心了解各种信息，积极从事四化建设，谨此撷拾旧闻，以供参考。

《读书》一九八四年第二期

预测未来

　　人类有过的书籍，怕是以讲述往事的居多。书籍所以积累已有知识和经验，使后人少走弯路，所谈的不能不多数是过去的事情。

　　但是，纵然如此，读书还是为了未来。没有未来，人类又何必积累知识、传播文明！读书，这是过去与未来的紧密结合。

　　现在，出现了一门新的学科、一批新的论著：专门探讨未来的发展趋势。这反映人类社会的飞速进步，知识的空前增加，已经可以使人类开始不再幻想未来，而是尽可能精确地预测未来，迎接发展。应当说，洞察社会发展规律的马克思主义最有条件做到这一点，但是国外的有关论著也不能不引起我们的注意。没有足够的信息资料，马克思主义理论研究就会有重大限制。

本刊在一九八一年底分两期介绍托夫勒《第三次浪潮》，一九八三年第十期介绍奈斯比特《大趋势》，即出于这种想法。为了更好地把对国外趋势的了解同中国实际结合起来，杨沐同志在上期和本期分别撰文论述这个问题，必定会引起更多读者的关心。

苏联诗人马雅可夫斯基曾在一九二七年高歌：

我赞美

祖国的

现在，

但三倍地赞美——

祖国的将来。(《好》)

本刊的读者、作者，也包括我们在内，都是由衷地赞赏这些诗句的，因为它也表达了半个多世纪以后中国人民的心情。

《读书》一九八四年第三期

我们的五周年

《读书》创刊于一九七九年四月，到这一期，正好满五周年。

我们恭请《读书》作者中最年长的一位——叶圣陶老先生，为五周年写了点话，敬刊卷首。叶老对《读书》勉慰有加，激励我们以后把刊物办得更加能满足读者需要。

另一位年长的作者——夏衍同志，特地写了一篇关于读书问题的对话。夏公年过八十，在读书问题上的见解却依然充满生气和活力，值得钦佩。

回顾五年来的历程，深感失误、缺点很多，有负读者。这些年来，许多读者对我们提出许多意见和要求，限于水平和条件，做到的不是很多。有的读者一再要求刊登一些关于读书、治学方法的文章，我们虽然深然此议，却是长期愧未办到。趁创刊五周年的机会，特地约请巴金等老学者、老作家，撰文漫谈自己的治学、读书经验体会，介绍给读者。用这种方式来弥补我们过去工作的缺失（当然是不能完全弥补过来的），也是纪念自己的刊物的一种方式吧。

办刊物的一大苦事是约稿。但这一期的约稿，却异乎寻常的顺利。无论治学体会、书刊评介、杂感小札，凡是编辑有所求的，鉴于创办五周年纪念的需要，作者罔不协助。我们特地把这个小小的信息传达给读者，让我们一起向《读书》的作者致谢！

《读书》创刊在三中全会以后不久，它始终得以在三中全会路线的指引下工作，这是办这份刊物的得天独厚之处。我们的工作如果有成绩，都是执行三中全会路线的结果；而有失误，也一定源自对三中全会以来党的路线、政策的领会不够和执行不力。今后，我们唯一的方针也只能是：坚决执行党的三中全会的正确路线！

《读书》一九八四年第四期

挑　战

　　对国外新技术革命的逐步了解，电脑等新技术的进一步推广，使我们同整个世界的距离更加缩短。读书界不少人现在越来越关注这个全球性质的新动向。

　　法国记者塞尔旺·施赖贝尔把新技术革命等一系列的变革称为世界面临的挑战，从我们中国人的角度看，更是中国面临的挑战。"挑战"，用在这里是一个很有意思的字眼，它能使人意识到问题的紧要，使命的重大，工作的艰巨，能使人震动、奋起。

　　根据施赖贝尔等人的看法，这次挑战确实非同等闲。因为今后世界的发展将是指数曲线式的发展，而非直线式的发展。那么，一个国家稍一落后，便是一大截。如果说在国外所谓第一次工业革命的时期，中国的落后还能拖延、支持若干时候，在新技术革命中，这就很难办到了。不过也正是因为发展是指数曲线式的，如果迎头赶上，也可以一跨一大步。从这里看，把新技术革命看成既是一次机会，又是一次挑战，是完全正确的。

不少读者来信，叙述自己读了关于新技术革命的书籍后，怎样的激动不安。许多青年并且从中找到自己献身报国的途径。一个多世纪前，世界曾经来向我们挑战，兵舰洋炮便是当时的信息。这曾经使多少中国有志之士奋起，以至出现中国社会主义社会的今天。我们相信，有志气的中国人也绝不会在这次挑战中打败仗！

本期根据读者需要，仍然着重介绍了有关新技术革命的论著，包括一些关于开发智力、改进管理的书籍。当初还约了些别的稿子，谈几部重要的中国著作，不巧都未实现。现在编成一看，也许谈外国事情的稿件多些。既然已经编好，也就不再变动，就此印出。相信明慧的读者，自能鉴别、挑选。

《读书》一九八四年第五期

小文章

四月份是本刊创办五周年纪念，借此机会，拜会了京、沪两地许多作者，受到不少教益。

许多同志对我们的勉励、奖掖增强了我们的信心，不少批评意见对我们也极有帮助。这些，这里就不多说了。要说的是，不少同志诚挚地希望我们除了编好大文章之外，尽量办好一些小栏目，多发一些兴味醇厚的小文章。

这是个很高明的主意。文忌平，一个刊物也忌平。假如刊物尽是崇论宏文，没有相配合的所谓"小东西"，则不免平淡，缺少"立体感"。这一点我们过去是注意不够的。

但是说来说去，要实现此事，还得靠读者、作者的帮助。这里想就我们经常觉得编不好的几个小栏目说些想法，希望同志们经常为这些小栏目写稿，帮助我们办好：

《品书录》和《寸言》：这无非是想用简短、精要的文字，对新书作一初步品评。着重写某一方面，不求全。《品书录》勿超过一千五百字，《寸言》一般为三几百字。特别希望能多发表一些札记形式的、新旧诗形式的、散文形式的短评。

《读书小札》：读新书或旧籍后生发的感想，并非书评。希望写得生动、精悍，篇幅勿超过二千字。

《读书献疑》和《求疵录》：前者侧重问题讨论，后者主要为指谬匡误。讨论的问题希望尽量广泛，篇幅不拘。《求疵录》则要求指出书中的典型错漏，篇幅尽量精简，一般不作反复论证。

《读者·作者·编者》：希望由此听到读者对每期文章的反应，包括不同意见的讨论，精辟评述的赞赏，重要论点的补充等等。有些意见，间亦由作者、编者作出解释、答复。

贯串这些小栏目的，应当是讨论问题的民主气氛。这是小文章的可贵处。当然不是说大文章不要这些，然而短文更易贯彻。中国读书界曾受"左"害久矣，应当大大树立思考之风、探讨之风和以平等待人之风，使我们真正做到开卷有益。

《读书》一九八四年第六期

加强书评

中国的著作家们也许是比较幸运的：他们较少受到书评家的困扰，出版了一本书，如有评论，多半是赞扬，要不就是沉默。舆论要求提倡书评久矣，可是遇见报刊编辑同行，大家还是慨叹：组织扎实的书评稿件难。像以"读书"命名的本刊，至今也不敢自称是什么"书评"杂志，而只是一种以书为中心的评述、介绍刊物而已。

当然，不少著作家不会感谢这种"幸运"，为真正提高著译的质量计，评论，特别是不同意见的讨论，是十分重要的。从出版家的角度看，可能觉得销数多少往往已经说明问题，但是财神爷并不是文曲星，这也是许多出版业的主持人一清二楚的事。

《读书》忝为国内少数几个愿意谈论书事的杂志之一，觉得有责任再尽一番努力，为组织书评做点工作。四五月间，与各方反复商谈，决定在北京组织书评"服务日"活动。其法是，由有关出版社提供最近出版新书样本，定期组织各方面的同志阅览、议论，如果有人愿意细细评述，出版社负责提供图书。

《读书》杂志虽非文曲星，但也绝不是财神爷。组织这么一个活动，既没有茶点款待，更找不到像样的场地。但是出人意外的是，此议一出，著作界、评论界、出版界响应的极多。到现在为止，本刊编辑室每天可以收到几包出版社的赠书，把我们这间二十来平方米的小屋子的书柜塞得满满的。接下去的事情，就是要把这些书送出去了。

事实上，说书评少是事实，说评论家都没有积极性，却不一定对。以本刊接触的作者看，写书评的劲头正在大起来。除原有的专栏作家外，李一氓、王辛笛、董乐山等同志又都答应在本刊辟栏长期写稿，还有不少同志可以说是我们有求必应的书评作者。更值得提一下的是，本刊历来所发关于新技术革命和介绍西方新思潮的书评，绝大部分出自年轻学者之手。文坛硕彦、新秀中，不是很有一些愿意写书评的人吗？

深信书评工作是可以加强的。事在人为。

《读书》一九八四年第七期

改革需要知识

　　这一期，原是准备多一点篇幅来谈有关经济改革的书籍的。现在，直接谈这问题的文章并不多，不过从广泛的意义上说，很多文章也都同经济改革有关。

　　改革需要知识，求知需要读书。书呆子大概当不了改革家，但是要改革而缺乏知识，照样要把事情搞糟。当前涌现的改革积极分子都是勇猛精进、不畏险阻的，他们的改革勇气来自对实际情况的了解，他们善于面向现代化，面向世界，面向未来，他们的"参照系"与不肯改革的人不同，不用旧眼光来对待新情况、新问题。所有这些，都需要知识准备——自然不仅是书本知识，但是包括了书本知识。

　　现在很多同志认识到，要求实际工作进行改革，必须先有观念上的改革。观念是旧的，看见对外开放就惊惶不安，听到新技术革命以为是洪水猛兽，以为多建立一些经济特区就是丧权辱国，这就不可能在实际工作中迈出新步子。世界在变小，中国在世界上的分量在变大，中国要改革，离不开对世界总趋势的了解。所谓观念上的改革，最不易解决的大概就是把中国放到整个世界规模里去认识、去探讨、去比较。职是之故，我们还是继续从马克思主义观点出发，在本刊介绍、评述一些新思潮、新动向，期望能有助于扩大改革者的视野。

经济的改革不能不影响到文化。文化工作者要探求自己的改革之途，更要积极努力地反映经济改革的前途、现状，鼓舞改革者的士气。目前直接讨论改革问题的书刊还不算太多，我们相信以后会多起来，我们的评述、介绍工作也可以更好地展开。

全国上下，一阵阵改革的清风，吹得人们心情舒畅，精神振奋。《读书》也打算吹一点改革之风，尽管我们知道它还不足以满足读者的要求。

《读书》一九八四年第八期

"荷马"不是"罗马"

　　语言学家吕叔湘先生八十多岁高龄，每期《读书》是必读的。读后如果发现问题，必定亲自工工整整地写信给编者指正。六月十一日他来信说："昨天收到《读书》第六期，用半天时间翻了翻，主要是看了那些'小块'，'大块'只看了有数几篇。……这一期里有一个非同小可的错字，想必已经发现了，那就是149面的标题把'荷马'错成'罗马'（2面的目录里也错了），这恐怕必得更正并道歉了。另外有些错字和文字欠通的地方，记在下面，供编辑同志参考。"以下，吕老逐条指出各种错漏十多处，并且在有几处上标明："责任首先在作者，但编辑也有责任。"

　　"荷马"错成"罗马"，真是荒唐已极。翻译家杨宪益也看到了这个错误，立即打电话给《读书》，表示遗憾。新知书店的创办人之一徐雪寒同志，过去曾经就《读书》

的编印、文字质量专门对编者说，编辑好比是裁缝，我看《读书》选的布料都是好的，是精品，但是你们这些裁缝却缝制得不够精心，不是这里脱线脚，就是那里掉扣子。劳祖德同志也几乎每期都来信指出本刊审校的错漏。此外，最近一个时期，我们也已几次收到读者对本刊文章的"求疵"，或者是对已经刊载的"求疵"的求疵，对"更正"的更正。读者完全正当地要求，作为经常对全国图书"求疵"的刊物，自己不应当有"疵"，至少是没有大"疵"。

　　列举这么一些《读书》杂志上的毛病，一是表明有那么多同志关心我们，经常给我们帮助，使我们能够多少"了解自我"，知道缺失所在，因而向大家表示感谢之意。第二，则是乘机向读者、作者告罪。刊物出错，原因多端，但是归根结底，终在编者把关不严，责任心不强。外地刊物已经为此采取了很多措施，或定责任制度，或有奖惩办法，这些都值得我们学习、借鉴。重要的是，要纠正小毛病无所谓的思想。一本刊物是一件完整的艺术品，容不得一点缺损。更何况，错字不断，直接影响到这个刊物的"可信赖性"，更要引起我们的警惕。

今后还是希望得到读者的不断帮助，希望在大家的督促下有所前进！

《读书》一九八四年第九期

补白之乐

编每一期刊物，最后一道工序是编"补白"。印刷厂多次提出，希望以后不再补白，但是《读书》的编排风格是每一页都要紧紧凑凑的，而且向来重视这些小块块，于是多次商请，终蒙大力支持，使得刊物仍以现在的面貌和读者见面。

编补白的难处是必须"削足适履"。好端端一篇稿子，内容完整，文从字顺，可是一计数，要比所余的"白"多二百字，只得大刀阔斧，砍削一通——说"一通"往往还不行，有时得砍后数，数后砍，如是再三往复，才能合格。因为现在实行"齐"（稿子一次发齐）、"清"（原稿必须清晰）、"定"（发稿后不再改动），字数多寡都得在原稿上计算得严丝密缝才行——虽然我们常常做不到，蒙印刷厂同志关照才能放行。

许多著名的编辑善于"补白"，像郑逸梅前辈更有"补白大王"之称。《读书》的补白却大多依靠外稿。一则是我辈才具不足，腹笥不广；二则是从最后集稿到发稿，手忙脚乱，不暇顾及。于是，很自然地，在《读书》周围形成一批专门提供补白稿的作者队伍。

　　真要感谢这些作者，多少年来，他们的稿子投寄编辑部后，既不问何时刊用，也不提将来用什么形式发表，文章字数的削减没有抗议，就这样，默默地支持着我们的工作，使我们每期的版面仍然可以是满满的。他们的不少文章，虽然短小，却着实可读，有时不亚于崇论宏议，所花的功夫也不一定少于有的大文章。有一位很有学养的同志甚至说，他以为《读书》写补白为乐。

　　理该在这里举出这些作者的名字，但因篇幅所限，无法遍列，好在每期刊物都在，读者是不难了解的。

　　新中国成立三十五周年，各条战线都在总结成绩，表彰先进。《读书》之能维持，当然首先是作者、读者和印刷厂同志的支持，在作者之中，我们不能不想到这些补白稿的作者。他们也是我们《读书》的栋梁。

　　各条战线上都有这么些默默地支持着自己心爱的事业

的热心人,在这举国腾欢、万众同庆的时刻,让我们向他们致敬!

《读书》一九八四年第十期

读其书，知其人

　　十月份国内出版界极为繁荣：新中国成立三十五周年，各出版社纷纷推出一批重点书，以为庆祝。其中，人民出版社开始出版《列宁全集》中文第二版，尤为盛事。此外，人民出版社还出版《光辉的成就》文集，社会科学出版社开始出版"当代中国"丛书，人民美术出版社开始出版《中国美术全集》等等。通过这些书，不仅可以看到我国光辉灿烂的历史，更重要的是，可以从中体会到我国社会主义制度的优越性，具体认识新中国成立三十五年来特别是党的三中全会以来取得的伟大成绩。本刊限于出版周期，未能如各大报刊集中宣传这些书，除过去曾在《信息》栏陆续有所报道外，本期请张惠卿同志介绍《列宁全集》中文第二版的某些情况。《列宁全集》中文第二版为正在进行"四化"建设的我国人民提供了巨大的理论财富，我们以后还要陆续向读者介绍。

本刊从创刊以来，一直注意介绍学者、文人、作家的生平和成就，为此发表了不少文章。今后我们还要努力这样做。现在有不少作者，在撰写书评时就力求结合论述介绍作者，使读者不仅读其书，而且知其人，从而更加理解他的著作，熟悉他的为人。本期舒芜《爱国诗人沈祖棻》、徐迟《谈袁水拍的诗歌》、郭湖生《创造者的颂歌》等篇，都是这类作品。我们热望这样的文章今后在本刊多起来。

读者收到本期的时候，我们正在计划明年的工作了。为了帮助我们把明年的《读书》办得更好，期望读者尽可能把对明年本刊的要求写给我们，包括对今年各期刊物的意见，哪些文章喜欢，哪些不喜欢，希望明年增加什么内容，要求着重介绍哪一方面的书刊等等。

《读书》一九八四年第十一期

一读再读的书

编辑这一行业，据说存在已久。孔子算得上是祖师爷，也有说还有更早的编辑——巫。不过，尽管人们搞了几千年编辑，却还没有人编写出一部"编辑学"，讲讲编辑的须知，虽然说要有这么一本书已经好多年了。

最近几个月，三联书店出版了两本谈编辑出版的书，一本是俄国出版家绥青的回忆《为书籍的一生》，另一本是我国编辑前辈赵家璧的回忆《编辑忆旧》。此外，山西人民出版社出版一套"编辑丛书"，已有若干种，都是当前编辑工作经验的总结。这一来，我们总算有了一些谈编辑工作的书，当然也还说不上"学"。

拜读了一下这类书籍，悟出一条实在算不得体会的体会，就是：编书卖给读者，究竟不同于做酒卖给醉汉。书是有内容的，而对内容高下优劣的评断并不同于评论其他商品的质量水准。编辑生产书刊，不仅要适应读者需要，更重要的，是要提高读者水平，使读者读书以后有所得。适应读者需要同提高读者水平之间，有一致之处，但也未必常能一致，因为精神产品如果低劣，有时反而容易蒙骗轻信的读者。

除此之外，书刊还有一个特点，即它的持久性。像外国的读书人所说，有的书一读而过，有的书可以藏诸久远。一读而过的书刊并非没有出版价值，但为积累文化计，我们当然更加注重可以一读再读的书刊，因为无论从经济效果还是社会效果看，它们都对社会更加有益。判定书刊的价值，这似乎也应当是一个尺度。

于是说到《读书》。年底岁尾，照例得考虑一下今后的做法。作为一个供中级以上知识分子阅读的刊物，我们想今后有两点是不应改变的，即首先注意刊物要提高读者水平，其次要尽量多拿出值得读过以后保存下来的东西。做到这两条很难，但还要努力去做。

希望《读书》的老读者们相信我们这个信念，从而继续订阅它、爱护它，为它写文章、提意见，评说它的是非。

明年起刊物的定价略有调整，我们想这不致影响彼此间多年来的友情，因为这原因是容易理解的。

《读书》一九八四年第十二期

多树几块"指路牌"

郑州市饮马池一位年仅二十岁的读者来信，叙述他本人对《读书》的爱好，并且提出，他认为《读书》的读者中青年不在少数，"请相信《读书》的读者群之扩大和更替并不应该像保守数字所估计的那样长"。

很感谢读者的一再提醒：要关心青年的读书。《读书》编辑部成员大多也还年仅三十，自然也关心同辈的事情。因是之故，当我们读到东方望教授的来稿《"书读完了"》（载《读书》一九八四年第十一期）时，非常高兴，觉得在比较年轻的同志中提倡读些中外古今的名著（基本著作），可以有益于他们的成长。文章发稿后，又开了一个座谈会，向专家请益，以后的成果就是发表在本期的座谈记录。

老一辈学人在谈起自己的治学经历时，常常有平生得益于某书的提法。这当然不是说读书越少越好。我们至今还是提倡广泛涉猎，作为长者不应不问情由随便设置禁地。然而，就人类文明史来说，确实有些书称得上"基本"两字，是任何一个有文化教养的人所必须一读的。这道理，座谈会上各位学者说得很透彻，并且还对当前的教学工作提了不少意见，都是很有启发的。

我们提倡读一些中外古今的基本著作，从一方面说，也只是说而已矣。因为我们搞不了有奖的竞赛，办不起函授、面授、电授……的学校，发不出有资格的文凭。我们只是想对有志于求知而不汲汲于资格的同志，提个把有用的建议。但从另一方面说，还是想在《读书》的范围内，做一些力所能及的事。前述东方望教授的文章中说："我很希望有学者继朱自清、叶圣陶先生以《经典常谈》介绍古典文学之后，不惜挥动如椽大笔，撰写万言小文，为青少年着想，讲一讲古文和古书以及外国文和外国书的读法，立个指路牌。"今年的《读书》若能得到大家的支持，多树立几块这样的"指路牌"，则编者之愿足矣。衷心希望广大读者、作者，助成其事。

《读书》一九八五年第一期

禁锢与指导

在编这一期的时候，听到一个洪亮的声音：在思想文化领域，要尽力清除"左"的毒害。时间所限，未能把这么一个重要的意思更好地贯彻在本期刊物里，只能在编完之后絮叨一番。

读书是一项重要的文化活动，一种高级的精神需要。在这里，和在别的文化领域里一样，要用很大力量反对"左"害，使我们的读书活动对建设社会主义精神文明发挥更大作用。

我们一贯反对在读书问题上持禁锢的态度。"四人帮"要消灭文化，因而反对读书，使得读书范围越来越窄，这也是"黄色的"，那又是"反动的"，古书不能读，外国书更不能读，现代著作又都产生于"反动路线"，于是简直一无可读。这种文化禁锢政策，在读书问题上的"左"而又

"左"的态度，其残余影响并未绝迹，可说是我们仍然要加以分析、批评的一个重要标的。

读书这种文化活动，同其他文化现象一样，必须广采博纳，集各家之所长，才能使知识之树滋荣繁茂，使读书的人真正有所得益。因此，在读书问题上是否也有一个开放问题，值得好好探讨。

反对禁锢，不是提倡放任自流，放弃指导。譬如说，像我们这么一个小小的刊物，每期评介十几二十本书，虽然文章并非全是佳作，总还是在努力尽自己帮助读书的本分。如果说因为你是反对禁锢的，你就不主张也没有在指导读书，那未免解释不通。不过目前书评太少，像我们这种刊物编辑力量又较薄弱，对读书的指导要大大加强，倒是一项当务之急。

说起"指导"，我们也必须尽力改变过去的传统观念，以为最好是耳提面命，遇到后生小子，掷一本书过去，大喝一声：你去读就是。再不然，套话、空话、大话连篇，使人不得要领。这种"指导"，恐怕仍是"左"害未清的结果。

《读书》创办五六年，虽然战战兢兢，生怕陷入"左"

坑，但也未必全无"左"害的影响。我们在编这一期刊物的时候，自觉认识还要好好提高。希望今后几期，能发表一些有关的文章，使得今后的认识更加明确，方法更加对头。

《读书》一九八五年第二期

拓展思维空间

　　用两期共三十多面的篇幅，发表了刘再复的《文学研究思维空间的拓展》，这在本刊是第一次。《读书》的文章，一般是五六千字，希望还更短些，可这次却大大的破例。此中原因何在？主要是我们觉得，拓展思维空间对我们来说是太重要了。刘文综述近年来文学研究的新动向，值得高兴，更可以供我们作为进一步拓展思维空间的一个落脚点和中间站，由此远眺，今后拓展的余地还大得很，可做的事还多得很。

　　就实质上说，读书就是为了拓展思维空间。《死魂灵》中彼得鲁希加式的读书所以受人嘲笑，就是因为它生动地描画了某些人墨守成规的读书方式。我们很希望通过《读书》，经常绍介一些有助于开拓思维空间的图书，这也许可以说是本刊一贯的一个主要选稿标准。当然，有时为了急于绍介一种新的观点，提供一些新的认识，文章推敲不够，不免艰涩，这是要力求改进的。

思维空间的开拓，有其一定规律。刘文把近年来思维空间开拓的景况一一列陈，使人不难看出，这种开拓绝不是一种偶然的现象，而是客观的需要。我们不主张把思维空间开拓到茅山学道、灵虚求仙乃至设坛扶乩、拜神求医的地步，不提倡在书报刊物中宣扬低级无聊的东西，这些不是思维空间的拓展，而是一种限制。

夏衍同志在去年第四期本刊撰文谈到他的读书。夏老年过八十，仍然感到在知识上"饿得发慌"，力求阅读新书，开拓新的思维空间。本期发表的他的访问记，夏老又介绍了自己在读的书，并指出：要解放思想，志强学广，就要"下决心认真学习，丰富自己的知识"。让我们向老一辈的文化人学习，像他们那样，永无止境地渴求新知，不断充实和扩展自己的思维空间！

《读书》一九八五年第三期

作家手稿

广告是传播信息的一种重要方式，人们在今天没有理由不重视它。不过，要是在《读书》杂志的某处，赫然出现一位美目盼兮的时装仕女，或者一部伟岸壮观的新款机器，也许会使人觉得突兀。《读书》印数有限，读者群中怕是书迷居多。登出这类广告，在此时此地，恐不免成为"冗余信息"，起不到应有的作用。为有关企业考虑，我们还是暂不登载工商业某些产品的广告，而把篇幅留给大家喜爱的图书。这是我们多年来的想法。

从今年开始，我们又把原来可以用来刊载广告的篇幅匀出一点来，登载作家的手稿和书信，大多在每期的前后里封。近年以来，名人手迹很受重视，各种题词墨宝时见发表，尤其在各种大大小小的节庆之际。相比之下，似乎对于同一类的手迹——作家的手稿、书札，注意还不够。学者、文人当然也是凡人，他们一有了"知名度"，不见得连手迹也成了圣物，我们不必对此作过分的渲染。不过文学史和科学史也表明，研究手稿和书信，是研究一个作家或学者的重要方法。从手稿的修改，可以揣知他们思路的踪迹，学习写作的方法，更不要说可以从中发现一个人的品德、兴趣、特色。三联书店前不久搜集了翻译家傅雷的手泽若干件，在香港展出，博得不少中外知识分子的赞赏。不少人认为，这是一次无言的教学。看着傅先生那些工整的笔迹，谁都不期然地联想到，它的作者是一位守正不阿的学者，一位严肃认真的文士。

在近代中国历史上，鲁迅的手迹曾被包过大饼油条。十年浩劫之中，许多作家手泽如有留存，仅仅是因为它们可以作为"罪证"。这样的时代已经过去。重视作家手稿、书信，应当是重视知识的一种体现。现在已经开始设立机构保存这些珍贵的材料，但对我们这类传播工具来说，则应着力于它们的发表。现在我们利用极为有限的篇幅，做了一点点的工作。大规模的整理发表，则有望于较为富裕的来日，寄愿于更加坚实的中国编辑家和出版家们！

《读书》一九八五年第四期

看动静的窗口

　　《读书》杂志虽然做过一些不着重经济效果的傻事——如在北京每月举办"服务日"活动等,但毕竟不是工作的全部。就整体说,我们也关心刊物的经济问题的,比如每期销数多寡之类。因为这毕竟也是信息反馈的一种,何况还关系到刊物的存在与否。今年刊物价格稍有调整,大家生怕因此影响销量,密切注视发行部门的订数。消息传来,叨天之幸,国内销数稍有下降,大体如旧,海外销数却涨了一些。

　　《读书》同自己的海外读者交往甚少,了解不多。海外销数增长的原因何在,我们也说不清。想来不外是由于国内奉行开放政策,海内外交往密切,世界上对中国的关心,尤其是海外同胞对祖国的感情日益增强。海外销数的增加,促使我们思考一个问题:如何为海外读者服务得更好? 这是过去我们不大想到的。

《读书》杂志创办之初，曾经有过这么一个建议：使这个刊物成为一个沟通中外的窗口。几年来，我们做了一些努力，尽量使读者通过这个窗口见识一下域外的某些新见异说，来扩大自己选择的范围，增大知识的容量。但是，既然它是一个窗口，应当是可以两面看的：室内的人可以通过它看到窗外的动静，室外的人也应当通过它得知户内的种种。"交流"之义，此之谓也。从这里说，我们应当增加使窗口以外往里看的功能。

揣想起来，无论朝里朝外，有不少问题是共同的。如因近年来学者出国访问日众，我们陆续发表一些学人在海外谈书、论学、访友的札记（本期就发了萧兵、陈原、朱龙华的三篇）。这大概既可供国内读者阅读，海外读者也有兴趣。又如，如何使刊物减少废话，禁绝套话，增加"信息量"，大概也是海内外读者共同关心之事。不过，海外读者想必还有自己的兴趣和愿望，我们极愿聆取教言。海内外虽然相距万里，如蒙鸿雁传书，隔海寄言，使"产销"彼此沟通，则幸甚，幸甚！

《读书》一九八五年第五期

"服务日"

我们在一九八四年第七期《读书》杂志上说过，为了更好地开展书评工作，《读书》决定在北京组织"《读书》服务日"活动。"其法是，由有关出版社提供最近出版新书样本，定期组织各方面的同志阅览、议论。"近一年来，我们的确是这样做了的。编辑部的同志在"服务日"这一天得以同自己的作者有一个晤面、交谈的机会，并且可以就已出新书交换看法。不少篇书评文章就这样产生出来了。

这件工作开办以后，首先得到中国出版工作者协会的鼓励和支持，不仅在他们的刊物发表消息，加以肯定，而且给以必要的资助。此外，国内三十来家出版社参加这一活动，每月寄来新书，一年于兹，总数当不少于千本。人民文学出版社每月提供陈列场所，不少在京的出版社主动在当天展销图书——没有这么一些帮助，单凭《读书》同人的赤手空拳，大概是什么都办不成的。

经过一年的工作，现在回头来看，觉得第一是这事值得做，应当继续办好；第二是问题还不少，要加以改进。一个大问题是，"服务日"活动只是编辑部少数人在做，出版社和读者都还不很了解。

于是决定在《读书》杂志上辟"《读书》服务日之页"。每期用十来面篇幅，介绍这方面的活动，主要是反映出版社提供的新书，介绍其中一部分内容，发表与会者的意见和要求等等。以后"服务日"活动的内容可能增多，也许可以把这一栏的内容办得更丰富些。原来的《新书预告》栏，因与上述内容重复，不得不取消。

邹韬奋同志要求生活书店的工作人员"竭诚为读者服务"。把新书陈列称为"服务日"，区区之心，还在"服务"，虽然我们的服务精神是不能与当年相比的。

《读书》一九八五年第六期

书评的自由

作家们听到"创作自由"感动得落泪，学者们正在畅论"学术自由"，评论家们欢呼自己的评论得到了应有的自由……这些都是近年来出现的好现象，是文化发达的标志之一。

在这种形势下，我们自然也想到了书评的问题。

不必要再在这里多讨论开展书评的意义、标准、目的……因为它同"创作自由"等等一样，都是为了建设社会主义精神文明，因此它不能背离社会主义现代化这个根本目的。所以要"自由"，无非出于这些精神劳动的特点。

不过从书评的现状看，也有一些自己的特点可以提出来。浅浅地想来，第一件要注意的是必须开展真正的书评活动。凡称得上书评的，应当力求是"科学的、说理的、高水平的评论"，不能把单纯的推广介绍工作等同于书评，这当然不是说要鄙弃广告和一切推广品，这在今天并不是太多而是太少，但它们究竟不是书评。第二，书籍主要的文化功能，是积累文化，是对人们精神生活的潜移默化，所有这些都属于所谓"长期效应"。写书、编书、出书、评书的人应当有这种长远观点。第三，为了开展真正的书评，必须提倡各种看法、多种形式的评论，特别是"评论的评论"，甚或"评论的评论的评论"……评论作者应当允许别人评论自己。

书评问题现在已经引起重视，自是好事。本期我们发表朱虹、周介人同志关于评论问题的文章，用意也在于由此开始《评论的评论》这一专栏，有助于包括书评在内的整个评论工作的发展壮大。

《读书》一九八五年第七期

傅雷家书墨迹展

六月份，《读书》编辑部和三联书店编辑部的同人抽出一点时间，同北京图书馆等单位一起，在北京举办了"傅雷家书墨迹展"。展览工作刚就绪，大家就忙着赶回来看稿、发稿，但是展品给我们强烈的印象，观众们热烈的反应，仍一直在左右我们的思绪，引起持久的思索。

这次展览曾经在香港三联书店展出过，现在北京重新展出，展品稍有充实（如增加了傅雷那封感人的遗书），大体仍旧。在香港和北京，"傅展"同样受到赞美、激赏，但也稍有不同：北京的观众还较多地表现出悲痛和愤激的心情。一位观众写的观后感是六个大字："泪潸潸而无语！"另一位观众感叹为什么在中国的那个时候，"驶向理想彼岸的航船，总要沉没在小生产意识的汪洋大海之中"。也有观众要求"后人记取，那个没有民主与法制的十年浩劫，是多么的冷酷无情"……

内地观众的这种激动是可以理解的。这一场十年浩劫，这多年的极左思潮，不是亲历，决难完全想象出其灾难之深，为害之烈。从这里看，作为传播工具，应当时刻帮助读者记取这些教训，说明它的为害。这应当仍旧是我们《读书》杂志的重要任务之一。

文化工作，说到底，是一种服务工作。办杂志是服务，搞展览也是服务。只要行有余力，条件合适，我们将继续通过展览、讲演等形式，为大家服务。当然，要服务得好，还非得得到富有实力的单位的帮助不可，就像这次展览，得到了北京图书馆、新华印刷厂、出版工作者协会等的大力帮助一样。

《读书》一九八五年第八期

德不孤，必有邻

出版界有句笑话：几个月来，几位武侠小说作者统治了书肆。

这当然是个极为夸张的说法。不过，这一阵所谓"严肃出版业"的确有点为难。由于书价、刊价的调整，书刊印数不免减少，外加某些通俗读物市场的冲击，使得"严肃出版业"的工作似乎困难重重。人们认为长此以往，会对读书界产生消极的影响。

但是过分夸大这种现象是不必要的。我们国家正在进行经济改革，在改革过程中，不免会在某些环节、某个局部产生一些问题。有的问题确是问题，要经过努力加以解决。还有一些问题，却正是推动改革的一种力量。例如，出于吃"大锅饭"的缘故，某些"严肃出版业"可以一贯"严肃"地说教，现在受到市场的冲击，不免出现"危机"。

这种"危机"似乎不乏积极的因素——如果我们正确对待的话。另外，书市的活跃，也更加暴露了出版社的积弊，例如出版、印刷、发行的长期"分工"造成的隔绝状态，出版社内部的不重视经营、核算和销售……这些问题的暴露，使得人们更加坚定改革的信心。事实上，你不改也得改，"大锅饭"是再也吃不下去了。

出现了一些低级、无聊的出版物，这是我们反对的。据我们知道，这些问题正在解决。随着出版法、版权法的拟订，它们一定会逐步减少。

基于这些认识，《读书》杂志仍然一如既往，向读者介绍、推荐可看的有益书籍，而不甚计较这么做究竟会不会带来多少经济上的好处。当然，我们也想把刊物办得更加生动活泼一点，以求扩大销路，但还不想改变刊物的根本性质。

子曰：德不孤，必有邻。我们相信这一点。

《读书》一九八五年第九期

说宽容

随着"创作自由""评论自由""学术自由"等等的提出，"宽容"一词常常见诸文章。因论自由而谈宽容，本是题中应有之义，完全可以理解的。

美国作家房龙，在半个世纪前写了一部名为《宽容》的书。这位闻名全球也特别闻名于中国的大作家，近三四十年来在中国湮没不闻。现在有人将之发掘出来，又从他的大量著作中选出《宽容》一书首先出版，也许是个巧合，但无论如何，是会有作用的。

我们在这一期里，刊印了《宽容》一书的摘要。另外，还把重点放在发表青年学者的文章和关于中外文化比较的文章上。后面这两点，似乎与"宽容"无关，其实是密切关联的。

我们以为，要谈"宽容"，当前很需要的是要宽容有为青年的真知灼见，宽容他邦外域的有益异说。没有这些宽容可能会打折扣。当然，本期的文章也还提出另一种宽容，这就是以爱因斯坦为例，希望得到"为科学而科学"的宽容。这也是一个重要问题，但是比较容易理解。事实上，探索科学真理与追求社会正义不能截然分开，把"为科学而科学"全然批倒，不仅科学得不到发展，正义也往往岌岌乎危哉。

"宽容"同"自由"一样，不是一个无边无际的字眼，也不是万应灵药。宽容同批评、商榷，也不是不相容的。房龙谈宽容的界线，自然不能全适用于社会主义的中国。但不论如何，我们对这位倡言"宽容"的先辈无疑也应"宽容"一下，看看他的意见。

有这些认识，这一期编来似乎比较顺畅。认识得对不对，当然犹待实践来证明它。

《读书》一九八五年第十期

不可言说

谈论开放，不能不想到的一个麻烦是：过了头怎么办？

门、窗打开了，屋里要进风淋雨，虽然空气清新得多，有时委实不如四门紧闭、自成一统来得好办。真空状态照理说是人们最最理想的去处，可是有哪一个不主张开放的英雄豪杰愿意到那里去讨生活呢？！事实上，空气，只有这种无色无臭、无影无踪的伟大气体，既能携带各色各样的病菌，又能使人产生抗毒的能力，更是人类生存的条件。

我们希望读书界、理论界、文化界有一个开放的气氛，其理在此。开放以后有了不同的看法怎么办？讨论、分析、研究就是。

人们高兴地看到读书界这种辨析风气的存在。有人忧虑青年们"一窝蜂"，事实不然。这一期我们发表了几篇与有些青年作者持不同意见的文章、短札，作者有的也是青年，有的已入中年，但也是一直同青年们在一起的，也可以从中看到这种风尚。

说到这里，得稍加交代：前面说了空气、病菌之类，不免使人获得一种暗示，以为这一期里讨论的某某问题乃是"病菌"，而作者、编者旨在"消毒"等等，而一想到"毒"字，我们全都会神经紧张起来的。这里请允许我们强调说明，思想领域未必全同于自然界，是非的识别有时要艰难得多。我们的目的，只是提倡研析、讨论，提供这方面的园地，如斯而已。

这多年来，人们未必想到为编辑这行提供必要的条件，但总是要求他们做力不胜任的事情，其中以"编书就是实行无产阶级专政"为其极点。编杂志当然责任重大，但也何尝有动不动就要"消毒"的大志。维特根斯坦说，有可说的语言，也有不可言说只可"显示"之事。当编辑的天天同语言打交道，本身却不说话，只是将作者的隽语妙言加以显示，以备读者选择而已。

照这说法，你这"絮语"不也就是多余的了？——诚然！诚然！

《读书》一九八五年第十一期

看海外

　　《读书》杂志创刊以来，深受三中全会精神的鼓舞，痛感过去闭国锁关的害处，因此竭力介绍国外文化界、读书界的情况，帮助读者开阔视野，扩大选择余地。这种做法，我们知道，是受到读者欢迎和赞赏的。

　　几年以来，为《读书》撰文介绍海外情况的，不下百余人。这些作者和文章约略可以分为几类。首先是海外学人，他们出于对诞生自己的国家的一片赤忱，本自己久居海外了解情况的长处，积极为文，就中以美国纽约的董鼎山先生对我们支持最多，五六年来，几乎没有中断。其次是国内的学者、教授，以自己研究国外新理论、新思潮的心得，发而为文章，启迪后进。我们知道，著名的印度问题专家金克木就是其中之一。除了以上两方面外，由于年来出国留学、讲学的学人渐多，因此，这两年来，在《读书》上出现了相当多关于出国访学的报道和杂记。这类文章，或称"旅行纪事"（陈原），或名"读史游踪偶得"（朱龙华），也叫作"一次动情的旅行"（王佐良）或"访学散记"（萧兵），不论所名者何，都有一个共同特点：既是散文，又论学术；既见人物，又讲书籍。寓沉重的学术于轻松的描述之中，使人读来不觉其枯燥。这么一来，无论谈学术、读书或人物，都立体化了。这种形式的采取，可以说是我们一年来的一个新收获。当然，出国留学或访问的同志所写的，不仅这一类文章，还有如本期《美国的校园政治》（周红），以及过去发表的丁学良、李芳、张隆溪等人的文章。它们是作者实地考察所得，另有一种见地。

回顾本刊几年来介绍国外情况文章的发展历程，我们深深感到，随着开放政策的进一步贯彻，对海外的观察也逐渐全面深入。我们竭诚希望，这种可喜的变化得以继续和发扬。

《读书》一九八五年第十二期

人情的联系

　　《读书》创办之初，领导筹组的老同志曾一再叮嘱，编辑同读者、作者之间，绝不是什么"专政与被专政"的关系，而要真诚相见，平等相待。有一篇稿子里编辑用了读者"应当……"的措辞，一位老同志立即提出，《读书》这种刊物的编辑，没有权利教训读者"应当"如何。这种在文章中动辄用七八个"应当"来指示读者的口吻，今后在《读书》的篇幅中倒是"应当"绝迹。

　　事情已过多年，为《读书》的诞生出力的老同志，有的年事已高，未能再亲临编辑现场；有的有更重要的任务，不遑照顾具体编务；极少数的，为《读书》积劳成疾，不幸谢世。现在天天在为《读书》奔走的，大多是当年的"小鬼"，虽然也都"人到中年"了。

　　提起这些往事今况，无非是想说明，即使人事沧桑，

《读书》还是在力图追求一种境界：同作者同读者有一种平等的交往，人情的联系。也许有的同志会举出千百件事情，说明《读书》在这方面的缺失（最多的是处理稿件不及时），这是对的，值得警惕、改进。但是就我们主观说，则未敢背离这个办刊初衷。

编辑同读者之间的合理的有人情的关系，首先无疑是指编辑要尽最大努力，为读者提供最佳产品，而不要为一己之私，污染读者心灵。这点我们是否做到，欢迎公众评说。此外，我们也经常想到，能不能再为读者做什么，从而体现彼此之间的"人情"呢？前两年搞了个"《读书》服务日"，有一定效果，但是面较窄。从一九八六年起，我们想集合若干好事的青年，试图为读者代购图书，办法见上期和本期。所谓邮购，不是什么"新招"，当前实行者甚众。我们既非管理专家，更少累万资金，能否办得好，未敢其必。有些困难（例如邮寄上的延迟），有其特殊原因，不是我们所能完全解决。应当说，做好这方面工作的条件并不完全齐备。但如三年之病欲求七年之艾，苟为不畜，终身不得。与其迟迟不行，不如尽一己之力，多少为读者做点工作，使部分读者不致有"读《读书》而读不到书"

之叹。

　　韬奋先生等当年为读者设想得何等周全，刊物办得何等辉煌。我辈"三联"后人，企望前辈风范，痛感不如。但是我们仍然深信：在社会主义社会里，人情决不浇薄，提倡并追求读者、作者、编者的合乎人情的关系，是必要的，也是完全可能的。

　　　　　　　　　　　　　　《读书》一九八六年第一期

提倡反思

　　《读书》编辑部的同志有个奢望：每期能发表篇把能引起思想震动的文章。这震动不是过去说过的什么"十二级台风"，而只是要求文章可以使得人们对习以为常的东西产生一点新的认识，或者是觉得讲出了一些自己积郁已久的意思。这个要求对我们说来是高的。回头看看一九八五年的各期，能完全满足这种要求的文章并不很多。

　　但是，也摸出一点路子。一个路子就是，必须提倡"反思"。同"宽容""尊重""理解""选择"之类一样，这也是我们多年不大惯用而近年偏又常被提起的一个字眼。教条主义、极左路线当然不会允许反思，因为这么一来，它们就没有存在的可能。这个道理，本刊上期纪树立的《科学态度与证伪主义》讲得很透彻。如果缺少这种"反思"精神，再加上不必要的行政干预，那偏差就更大。

提倡反思，实际上就是提倡探索，提倡学术文化上的民主和修正错误。反思不是要把一切颠倒过来，"凡新必好"，因此必须大家来探索，同时它必须是自觉自愿的。迫使某人某事进行反思，恰巧违背了反思的精神。

有人呼吁我们要学会"听"，即习惯于倾听别人的意见。这对反思也是重要的。有时出现的情况是，任何问题一经反思，如果获得一点响应，即被认为定谳，不觉得无论是谁、是什么都没有不被反思的特权。反思者还得听取各种意见，认真省察，同时要准备进一步反思。

从这个意义来说，办刊物只不过是提供了一个反思的园地，期望在新的一年里在这方面做得更好些。

《读书》一九八六年第二期

看书内，想书外

存在主义在中国名声不佳，不过存在主义大师萨特关于读书的某些议论似还不可一笔抹杀。他在四十年代谈到读书问题时说，写作和阅读存在着辩证关系，作者和读者必须相互依靠。读书不是消极被动的接受，而是读者在作者引导下的一种再创造。萨特关于这问题的进一步引申和论述且不去管它，引多了也许会使我们不自觉地陷入"存在主义的泥坑"——但仅就这一点而言，颇有道理，尤其对于我们这些以劝人读书为业的编辑来说。

《读书》创办有年，每逢年尾岁末，我们也经常反躬自问：读书干什么？如果是为了"颜如玉，黄金屋"，我们就应当告诉读者怎样更快地得到它们；要是目的在于消遣，那就该在刊物的娱乐性上下功夫；要是为了考大学、得文凭，刊物也得有另一种编法；还有一种说法是为了求知，那当然是好事，但似乎很含混：怎样求知，求什么知……

我们想要追求的境界，倒正是萨特拈出的那个"读者的再创造"。消极被动地读书，虽然可以继承某些人类的精神遗产，但本身没有创造。这种读书，时间久了会使人感到乏味，更主要的是于社会、人类无益（或益处较少）。作为帮助读书的刊物的编辑，责任就是帮助自己的读者进行这种"再创造"，影响他，作用他，使他产生"再创造"的欲求，完成"再创造"的过程。

有的读者对我们说，你们的文章是"言在书中，意在书外"，这也许就是我们经常采用的一种激励"再创造"的方法。读了一本书，浮想联翩，往往看的是"书内"，想的是"书外"。这不是坏事。包括本期在内大多数文章，都是这么做的。

《读书》一九八六年第三期

"不伦不类"

　　据说，梁启超当年向清华大学校长推荐陈寅恪，校长问陈是哪一国博士，有没有著作，梁均作否定的答复。校长表示，这样的人进"清华"是难了。任公听言，愤然作色曰："我梁某著作算是等身了，但总共还不如陈先生寥寥数百字有价值！"这段故事，素为治学术史者所称道，因为它说明学问与学历不能绝对地等量齐观。

　　这道理也能用在办刊物上。讲学问，说道理，自然无如写一篇学术论文来得透辟、周全、响亮，可能出于这个缘故，广征博引、洋洋洒洒的学术论文现在比较容易组约，可是要请求写一篇"言在书中，意在书外"的书评，一则寥寥千字的"品书录"，有时反而困难。作者不是不帮忙，实在也为难：你这些文字，写起来不易，可是它们能帮助我评上学位或职称吗？

有位评论家喜欢给《读书》写稿，有一次偶然说起，是因为他的评论文章常给评论杂志以"不合论文体例"打回来，于是想到《读书》——它不是专爱发表"不伦不类"的文章的吗？！

领会学术，吸收知识，有正常的途径：各种学校、讲义教材、学术论著……这如同是过去仕进的"正途"，不可忽视。但是为学也往往有"别径"，那就是不拘形式，不限格局，只求心领神会，不在背诵记忆，更不要什么教条、陈规了。

只因有这看法，我们编《读书》几年，只觉得文章写法还不够杂，篇幅还不够小，整个说还不够多样，却不觉得非要把自己挤到"正途"去不可。自然，也因此吃了苦头：创刊未久，就有一位同志到编辑部来，要求退订，因为发现这杂志无助于孩子考大学。这位同志是对的，错在我们向读者说明不够。

明乎此，则读者尽可自由选择了。

旧学新知

金克木先生在《读书》发表的文章是大家爱读的。最近，金先生将近年来主要在《读书》发表的文章编集成册，取名《旧学新知集》。

"旧学新知"，这个名字取得好，它不仅确切地表达了作者的文字的特色，而且也证明了《读书》所要追求的一个目标。我们很想借它来谈谈《读书》编辑部的一些想法。

《读书》多年来是努力传播海外新知的，不管这些"舶来品"在国内忽而贬值，忽而升格，我们初衷不变。原因无他，只因为文化学术领域必须对外开放，只有广泛了解、汲取、分析国外的新成就，才能走出中国人自己的路子。但是"新知"不只是存在于海外，海外的也不只是介绍进来、大家知道一下就算了事。就像马克思主义这种"新知"必须与中国的革命实践相结合一样，任何称得上是"新知"

的东西都要从中国的立场来考察，同中国的事物相结合。"旧学新知"，体现了这种结合的愿望。《读书》杂志愿意积极绍介各种新知，今后当然不会放弃努力，然而在这同时，它更愿意组织学术文化工作者去做"旧学新知"的工作。我们不摒弃传统学术，也不认为全部"西学"即为新知，更不主张"全盘西化"，然而旧学应当贯以新知，新知应当用于旧学，这是明显的。

我们高兴的是，主张"旧学新知"的学者在多起来。《读书》上几乎经常有在这方面努力的新人出现。尽管在有的问题上持论不一，然而不管对传统文化、外来文化的看法如何不同，只要是融新知于旧学，化旧学为新知，百川归海，都会有益于中华学术！

《读书》愿能为这一"旧学新知"大军忠诚服务！

《读书》一九八六年第五期

再说宽容

　　读房龙《宽容》，联想到我们这一代人曾经耳闻目睹的种种不宽容，不由得血脉偾张，情绪激动。然而耐下心来想想，又觉得事情也许还不是那么简单。

　　黑格尔在《历史哲学》里有一个议论是很透辟的。他认为，"老年人较为宽容"，因为他们阅世既深，"判断事理已经到了炉火纯青"，"能察觉事物的实在价值"。说老年人准能宽容，也许有点绝对化；但是，要真正做到宽容，必须"判断事理已经到了炉火纯青"，能察觉事物的实在价值，却是不易之理。从这里可以见出，不宽容的原因，还在于认识和理解事物之难。就整个人类的认识过程说，不宽容似乎是人类一个时期难以避免的一种幼稚行为。

　　在不宽容的思想统治下，无数人类精英的人头落地，千万思想成果被束诸高阁，这自然可悲。但是，人类终究会认识它的害处，结束自己的幼稚之举。在这之后产生的宽容，将不会是一种单纯的"宽大为怀"的善举，而是由于"察觉事物的实在价值"而产生的真实信念。人们总会认识到，对于无论在本土或异域产生的任一种为了有益人类经过认真思考得出的思想，不必忙于搜求它的错处（它当然会有错处），甚至剿灭它的存在，而是首先着眼于察觉它的"实在价值"。这样，"宽容"就成为题中应有之义了。

房龙在四十年代说，不宽容的事情"发生在过去，也发生在现在，不过将来（我们希望）这样的事不再发生了"。在八十年代的中国以及中国的将来，是个什么情况呢？

为了帮助读者了解，我们刊载了朱厚泽同志的一篇讲话。我们认为，它能使人们了解，十一届三中全会以来，社会主义的中国正在逐渐走完它的幼稚时期的艰难历程，向着成熟的道路迈出大步！

《读书》一九八六年第六期

且看文章高手

在"文化热"中，讨论戊戌变法的文章在多起来。这使人们想到梁启超的文章对于推广新思潮所具有的魔力。

梁启超的一位弟子说："当年一班青年文豪，各家推行着各自的文体改革运动，如寒风凛冽中，红梅、蜡梅、苍松、翠竹、山茶、水仙，虽各有各的冷艳，但在我们今天立于客观地位平心论之，谭嗣同之文，学龚定庵，壮丽顽艳，而难通俗。夏曾佑之文，杂以庄子及佛语，更难问世。章炳麟之文，学王充《论衡》，高古淹雅，亦难通俗。严复之文，学汉魏诸子，精深邃密，而无巨大气魄。林纾之文，宗诸柳州，而恬逸条畅，但只适小品。陈三立、马其昶文，祧称桐城，而格局不宏。章士钊之文，后起活泼，忽固执桐城，作茧自缚。至于雷鸣怒吼，恣睢淋漓，叱咤风云，震骇心魄，时或哀感曼鸣，长歌代哭，湘兰汉月，血沸神销，以饱带情感之笔，写流利畅达之文，洋洋万言，雅俗共赏，读时则摄魂忘疲，读竟或怒发冲冠，或热泪湿纸，此非阿谀，唯有梁启超文如此耳！"

一种新观念之引进，如果无此等文章高手，使之深入浅出，雅俗共赏，使读者"读时摄魂忘疲"，往往大打折扣。如果我们在介绍新观念时采用了佶屈聱牙的文字，似通未通的文章，混乱难晓的逻辑，那么，甚至可能延缓它们被接受的时间。

于是，在这又一次新旧思想交会之际，无数青年学人以极大热忱，努力引进、吸收以及创建新认识，我们呼吁借鉴梁启超成功的经验，切望出现大量新式的"流利畅达之文"！

"红日初升，其道大光。河出伏流，一泻汪洋。潜龙腾渊，鳞爪飞扬。乳虎啸谷，百兽震惶！"社会主义"少年中国"的新时代已经到来，"震骇心魄"的新文体必将源源涌现！

《读书》一九八六年第七期

解放编辑

　　编辑在现代中国的遭遇，与历史上的相比有颇为不同的一面。过去，大多骂编辑是"书贾"，说他们克扣版税，没有眼力，积压稿件，诸如此类。当然有骂错的，但不论如何，还是有这样的事情存在。现代的编辑，在很长时期里被目为在文化战线实行"全面专政"的代表。于是，编辑的形象更坏。有用的书出不了，稿子发表时遭到无故删改，被认为责任多半在于编辑，包括那家出版社。"书贾"之名，又没因此完全取消。譬如说，一家出版社出版一部学术著作亏本一万元，多半无人知晓（事实上这是当前没一家出版社没有做过的事），但如果是某单位捐款一万元资助出版，其舆论影响又为何如？此无他，你原本就是搞这买卖的呗！

　　编辑审稿过严，删稿过狠，都是事实。但是，在不宽容的气氛下，这岂是编辑的过错？！在这种风气下，编辑自然而然地成了"审查官"。在近几十年的编辑应用文中，"尊稿经我处审查，认为……"已经成为套语，谁也不以为怪。文化环境不宽松，编辑首当其冲，既成为不宽松政策的执行人，又是不宽松政策的受害者。这不是编辑的本来面目，也不是当编辑的自己的愿望。

要解放文学生产力，解放哲学生产力……同样重要的是要解放编辑生产力。也许这还更重要一点，因为编辑生产力解放了，才更可能解放其他学术理论的生产力。

编辑当然有社会责任。编辑要把关，要维护社会主义社会的一些基本行为规则、基本理论思想。作为一个刊物的编辑，还有由这个刊物本身性质所决定的种种限制。无限制的"编辑自由"是不存在的。但是，目前一个编辑的首要社会责任应当是解放知识的生产力，而不是限制。

《读书》一九八六年第八期

敏感或贤明

编稿之间，忽生奇想：要是车尔尼雪夫斯基来编这杂志，大概会按不住他的笔头，在这篇或那篇文章之中或之后，向"敏感的男读者和贤明的女读者"交代一些什么。所以有这想法，倒不是出于车氏似的压抑不住的理论热情和深邃博大的美学思索，而仅仅是担心这里的文章会受到过于敏感的读者的不必要的猜疑乃至责备。

按编杂志的"规程"，编每一期杂志都要有个指导思想，而我们偏偏这方面的功夫极不到家。长远宗旨当然是有的，但每一期要配合些什么，渲染些什么，却很少顾及。不过，这一期却自然而然形成了一个类似指导思想的东西，那就是："百家争鸣！"

提出"百家争鸣"三十周年之际，各大报刊有很好的纪念，很精辟的言论，读后令人感奋。不少人说，理论、文化、读书界的黄金时代到来了。这是一点不错的。为了证明这是一个黄金时代，我们不仅需要纪念"百家争鸣"，更需要真正"争"起来，"鸣"起来，这才不辜负这可贵的和谐、融洽、宽松的文化环境。

我们有这念头，作者们似乎也有这念头，这样，很自然地，出现了好几篇力作，提出了一些看法。但问题也来了：编辑部要不要对文章的观点有个表示呢？照习惯的做法，往往在某文之前加个题注："本文是供讨论的。"这当然是个很大度的做法。但言下之意，其他文章都是不供讨论的了？！这一反问，使大度立刻变成了小气。

编者不文，无法如车氏写小说似的在文中处处插入长篇说明。好在目前文化氛围极佳，"贤明的女读者"当然会原谅这些不同观点的自由陈述，而"敏感的男读者"想来也不致过于想入非非吧！

《读书》一九八六年第九期

这一声喝得好！

近几个月，听取了在京的朋友们不少意见，深受启发。

表彰的话不在这里复述了，要说的，主要是批评意见。多数的批评意见是：文章不够深入浅出，内容不够多样丰富，形式不够生动活泼。有几位前辈认真已极，找了发表过的文章，仔细分析，指出哪里用词不当，哪里事实有误，哪里逻辑混乱……这绝不是"挑刺"，而是让我们编辑部同人着着实实上了一课！

要说这些缺点是"作者的文章原就如此"，似乎也无不可。但是老实说来，它们的责任是要编辑部负的。作者来稿，只是为编辑部提供一种选择的可能，用不用，如何用，就看编辑部的。我们曾经大声呐喊，要给编辑以自由。就某些方面说，是应当这么要求的。但是实际上，就编辑自身说，也有有了自由而用不好的情况。如审稿不认真、改稿不仔细之类即是。

《读书》是个广泛群众性的刊物，并不专门针对青年人或老年人说话。因此，有一位老前辈说得很好，我们不应有一"代沟"观念横亘胸中。好书、好文章往往是不限年龄的。

有一些同志向我们大喝一声：你们当初刊登《读书无禁区》的泼辣到哪里去了？这一声喝得好！自从创刊以来，"读书无禁区"就成为一个话题，隔几年总要被提到一次：或为批判，或为称扬；肯定者事后又否认，表扬者忽然又批判；仔细研究，来信表示赞同的有之，不看内容，根据题名即告挞伐者也有之……这七八年来，为了一个"无"字（这字是《读书》编辑部加的，与作者无涉），真是给自己找了无穷麻烦。这段小小的公案，是非曲直，就让历史去评说。但无论如何，不能削弱为中国的社会主义现代化而奋斗的锐气。同志们的这一提示，我们是不会忘记的！

《读书》一九八六年第十期

文化的共识

因为讨论中国文化问题，读书界的兴趣不由得被吸引到境外对这个问题的研究讨论上来，这可能是因为境外在这一类问题的研讨上着手早一点，而更可能是因为中国文化是一个所有炎黄子孙都关心的问题，大家都有话要说。

于是，《读书》就顺应这个势头，向国内读者评介一些有关的作品。前期谈到余英时先生的大著，本期则讨论牟宗三先生的论述。以后还打算发表一些——如果组写顺利的话。

在两种社会制度下：对中国文化的认识是不会全同的。文化问题的解决离不开政治和社会体制，在这些方面要完全取得"共识"真是谈何容易。但是"两制"究竟是在一国之中，大家多年来所读、所见、所闻都是一个祖先传下来的文化，因而也不能不有许多方面的"共识"。随着彼此了解的加深，见闻的扩大，我们相信，"共识"必然会逐步增加，而这是大有裨益于整个中国文化的繁荣、滋长的。

为了使这种绍介和评述取得成效，我们力本学术自由原则，就学术谈学术，不攻讦，不谩骂。但是，既然中国大陆的学者以马克思主义为指导，自然会对不少问题有自己的看法，这一点，我们也不讳言的。

尽管以后发表的这类文章不会太多（限于各种条件及本刊的性质），我们还是希望读者重视它们：耐心阅读（由于不少人看不到原作，只读评述，所以是要"耐心"的），提出意见。自然也希望听到境外读者的心声。

《读书》一九八六年第十一期

面对"文化热"

　　"文化"问题和中西"比较"问题现在很是热门，我们这几期仿佛也在赶这"热"潮，发了不少文章。当然，老读者知道，《读书》注意这问题久矣夫非一日，文章也发过不少，只是近来更多一些而已。

　　人们常以在意识形态问题上赶热潮为病。征诸多年的经验，这是有根据的。大凡故意赶热潮的文章，往往缺少生命力，等到潮头一过，再看文章，便觉索然寡味。此所以《读书》虽有志于配合某些重要图书的出版之类大事发些文章，而终不能做到尽如人意。盖"配合"与质量有时往往互相抵牾，你要抓质量，便不能不牺牲"配合"。偶或两边可以兼顾，当然皆大欢喜，对编辑说来简直像捡到金元宝一般。

　　对于文化问题的热衷，现在人们虽称之为"文化热"，不过，照我们看来，这同有些热潮还有些不同。文化问题以及中西比较问题，实际上在中国已经存在了一百多年。近代中国许多立志现代化的志士仁人，莫不注意及此。这个问题不很好解决，现代化便不能实现。最近几期以及这一期里，我们介绍了许多老一辈学者的论著和见解，即为明证。何况这些问题还不分地域，海峡两岸，世界各地，凡是中国血统的学人大多关心此事，都免不了要"热"一下。由此来看，这种"热"大概一下子还冷不了——虽则它迟早要冷，即逐步趋于深入，从而归于平淡的。

《读书》不是学术、时论杂志。它以书为中心，围绕书说话。因此，关于文化问题所论不免关于旧书和洋书为多。这方面新书的出版犹待时日，这一点读者想必是可以谅解的。

《读书》一九八六年第十二期

改变习惯

在此时此地当杂志编辑往往有一苦事，忽然发表了一篇引人注目的文章——受人关注而已，并不表明它内容正确或不正确——总是有关心的朋友前来打听：你们发这文章有什么背景？这个提法有什么来头？打听的朋友自然并无恶意，然而，这类问题实在很难回答，因为我们的文字多半是没有来头的。

多年来的新闻出版体制使人养成一种阅读习惯：凡是主要报刊上没有出现过的提法、用语，你一旦用了，如果你是一个严肃刊物，那想必另有来历；要不然，那很可能是轻率的表现，至少是出于无知。这种阅读习惯或谓阅读世故，有时很解决问题。"十年动乱"时期，我们大多是靠它来辨别风向，甚至靠它来"苟全性命"的。

然而，这毕竟是一种不正常现象。在宽松、融洽、和谐的文化氛围中，我们想，不仅写作习惯、编辑习惯要改变，阅读习惯也得来一个大改变。必须承认，无论看书读报，读者无疑是主体。读者有权抉择，有权选剔；有权不相信作者、编者说得天花乱坠的漂亮词句，也有权赞赏使自己称心惬意的任何文字。现在人们竞说自由，那么让每一个读者有"阅读自由"，似乎也是必须提倡的。不自由的阅读，即违背读者个人的意愿，强制性地被灌输，被迫地寻章摘句，徒劳地寻求文章背后实际不存在的"微言大义"，不论是出于习惯，还是由于本能，恐怕都已过时了。

编刊物的人只是为读者提供选择的园地。这当然要有方针和准则，不能蛮干。但在社会主义制度下，除了我们的宪法以及有关法令条例、文件，难道还能有别的根本性的准绳和方针吗？

《读书》一九八七年第一期

海外归来

　　当身材瘦削的赵一凡出现在《读书》编辑部凌乱不堪的办公室的时候，我们没想到他刚从哈佛归来，并且要为《读书》写《哈佛读书札记》；当我们的老相识张隆溪、杨武能、丁学良等同志远渡重洋、负笈欧美之后，不断得知他们在海外获得成就的消息，以为今后大概不大可能为《读书》写稿了，但是事实上还是不断得到他们的支持；当我们在海外报刊上读到一位留学生苏炜的不乏情趣的杂文，正在企望《读书》也能有这样的稿件时，得到了苏炜的来信和稿件……

　　这一连串信息向我们提示：留学生关心《读书》。要是说《读书》近年来有什么进展，那么这也许可以算得上一件。

　　《读书》崇尚文化开放，注意引进有益新知。但这事实行甚难。就说找作者，也大是不易。大家都闭塞，谁来启这个蒙呢？

我们至今感谢当年为这工作开路的作者，特别是一些海外同胞学人，闻讯前来帮助，使我们得以迈出开头的几步。由于开放之得民心，这路子越走越宽，作者面越来越广。留学生这支生力军的加入，对《读书》是有很大意义的。

中国当代政治家在倡言开放、鼓动改革的同时提出正确的留学政策，无疑是一大成功。中国需要有益于现代化的新知，这单靠翻译、出版、介绍还不行，还必须有人去亲知亲炙，然后加入这支介绍、出版的大军中来，共同做好这个工作。

《读书》固穷，无法为留学生提供一间房、一张桌，但能尽我们所能，为这些知识精英们留出多少平方分米的篇幅。喜欢这个刊物的留学生们，盍兴乎来！

《读书》一九八七年第二期

老将丁聪

在一片笑语声、争执声、电话铃声……的喧嚣中，我们好歹又编出了一期《读书》。这一期的排印正好遇到春节，要提前发稿；稿件内容的斟酌又比往常要多费不少时间，留给设计版面的时间很少。但是，同过去一样，仍旧是准时赶出来了。

总是这么急匆匆地为《读书》赶版面的是谁？老将丁聪！

《读书》的创办，是几位文化界老将的功绩。他们或者亲自握管为文，或者不惮主持笔政，或者运筹行政事务，辛劳备至。而从创刊以来每期亲自为《读书》画版样、作头像的，则是丁聪同志。

编辑部的同人每月一见丁聪，交上一份不无凌乱的目录，注明永远也算不准的每篇文章的字数，加上几张复印得总是清楚不了的人头像，就要请画家在一二天内为《读书》设计出大方、雅致的版面，加上有丁聪特殊风格的头像、图饰。九十多期来，往往是编辑部的青年同志还未去见丁聪，老人家已经来电话了解：什么时候送目录来？答应交目录的时间常常延后，而丁聪交稿的日期从来只有提前。原因在哪里？老丁说得好：我从来把《读书》的事放在第一位！

《读书》就靠这样一些严肃认真热情的朋友的支持、帮助，维持着自己的水准和质量！

编完这一期很快活，不仅是因为有丁老的帮助，居然提前四天发稿，更重要的是，发完稿以后，这一群爱吵爱闹的小编辑要设法为自己的丁老祝贺七十大寿去了！

我们一定要在他的生日筵席上告诉他：《读书》杂志一切平安，让他老人家高兴。遗憾的是，我们总是不能编出一期十全十美的杂志来，让人们觉得已经无可指摘！

《读书》一九八七年第三期

通往"精英文化"的桥

　　国外高明的社会学者倡导"精英文化",国内学者颇有响应的。有的同志表示,《读书》就应归入"精英文化"之列。

　　这实在愧不敢当。"精英文化"顾名思义,是一种褒称。杂志、图书编了多年,忽然荷此佳名,是没有不高兴的。

　　不过,由于不治文化学,有时也不免为此惶惑。一个最大的顾虑是,单从名称上看,一旦成为"精英",是不是就得多发表那种"深不可测"型文章(请见本刊今年第二期第100页)。果真如此,《读书》还是不被认为属于"精英文化"为好。因为当年创办《读书》并不是这个目的。

　　《读书》对纯文学、纯哲学等真正的"精英文化"始终怀有敬意。创办这个刊物的真正目的之一,正是使一般读者更好地理解、领会历来知识精英创造的丰富成果。但是，说来说去，《读书》的任务也只在介绍、引导、汲取，它的主要工作不是在学术上进行创立和建树。如果还可另立一个名词来表达《读书》的性质，也许可以勉强称它为"桥梁文化"，即人们也许能通过它而到达"精英文化"之彼岸，但它本身却不是"彼岸"。

对"精英文化"的此种顾虑和议论当然是很粗浅、外行的看法，必将遭到文化学论者之窃笑。我们在这里只是想表示，《读书》始终以深入浅出、雅俗共赏、亦庄亦谐为特征。名称可以不同，归类也随各便，但是这个初衷是不变的。

许多学者时有问及此事，利用编后的篇幅，略作说明，并望得到支持。

《读书》一九八七年第四期

专栏之兴

　　《读书》在一些文化人的关爱之下，一直注意刊登一些连续性的专栏文章。前一些年，黄裳、董鼎山的《书林一枝》《西窗漫笔》相继推出，便吸引了许多读者。现在，黄、董两位豪兴未已，而新的连续文章又不断出现了。

　　半年来每期刊载的《经济自由主义思潮的对话》，出诸两个青年经济学家之手。他们密切结合中国的经济实际，介绍、评述一种新兴经济学思潮，使不治经济学的读者读来兴味盎然。论述国外新思潮而注意结合我国现实，结合我国实际而力求不违背诸基本原则，是一件极其困难的工作。我们反复思忖，再三斟酌，还是想对这种探索稍尽绵薄。编辑工作不周之处，请读者和作者鉴谅。

　　另外一位新进学人赵一凡的《哈佛读书札记》，我们曾有介绍。作者专治文学，然而文中在"文化"这一总题下，所论极广，这大概反映了国外治学所谓"科际整合"（the integration of interdisciplinary studies）的特色。而文章之庄谐俱备，更适合《读书》的风格。

王佐良教授以清丽的散文谈英诗，不只在对于英诗作一系统考察，更含有为我国新诗发展提供借鉴的意思。他的专栏《读诗随笔》言简意赅，极为精到，值得一读再读。而王先生文中所译英诗，虽只片段，也为译文中之妙品，不可不加注意。

在本刊一再请求之下，八十高龄的吕叔湘先生已允为《读书》写一专栏文字——《未晚斋杂览》，上期刊出第一篇。老一辈学者除了治学精到之外，又大多有"杂览"的好习惯，从而使得他们思路开阔，知识渊博。吕老的专栏，不仅所论之某书某事足以满足我们求知的兴趣，而其读书之广泛博洽，更值得我们注意和学习。吕老说，他准备年至少写四五篇，这就很值得《读书》的几个小编辑高兴了。

《读书》一九八七年第五期

一字之错

　　杨绛先生的名著《干校六记》，前不久由书店重印一版。这自然是件好事。但是，不知怎的，校对工作疏忽了，重印本里钱锺书先生的序，原来明明说"《浮生六记》——一部我很不喜欢的书"，错成了"……一部我很喜欢的书"。幸好杨先生发现这个错误时大部分书还没到发行部门，赶紧组织修补。错是补过来了，但是书就有点毛病了。出版社原来想把这一版印得精雅些，不料弄巧成拙，使得负责此事的编辑坐寝不安，不知如何向作者、读者告罪为好。

　　说这一段故事，当然对"钱学"的研究有用。这一版《干校六记》未经改正的本子已有若干流传在外，可能为某研究者见到，那就值得写一大篇考证文字，说不定会引起一场关于钱先生究竟是否喜欢《浮生六记》的争论。不过我们在这里报道此事，目的倒不在此，只是由此想到，出版单位的责任重大，常常可以使学问家蒙无妄之灾。一个错字如此，则通篇随意的修改又该如何了。《管锥编》当年问世之时，据说作者曾专门要求周振甫先生担任编辑。此中缘由，或为人所不解，现在从上述一字之错可以见出，编辑、校对工作竟是何等重要。

《读书》存在八年，过几个月就要出满一百期。一百期里自然也曾稍尽绵薄，为读书界做了一些工作。但是使作者受到的此类无妄之灾，实在也不在少数。编书难免错误，校对尤其是一难事，我们尽可以引用古人的教训来为自己辩解。但是，无论如何，如同一位老学者向我们指出的，这些年来，编辑、校对的水平确在下降。错字不可求其全无，但是决不能日增。

《读书》快要满百期，编辑部同人在不断回顾往事，以定去取。上述云云，是为一件——当然终究还是一件不大的事。

《读书》一九八七年第六期

百期感言

　　一九七九年四月份创刊的《读书》，到这一期，正好满一百期。

　　百岁是高寿，"百月"无非是上小学的年龄，值不得大事张扬。原本也想借这由头，搞个纪念会之类，热闹一番。但是想到《读书》的种种不足之处，不免自惭形秽，鼓不起这个勇气。加以今年以来，出于种种原因，竟然"阮囊羞涩"。亏本办杂志已属"豪举"，要花额外的费用就更说不过去了。

　　但是八年多以来，无数读者、作者的盛情可感。为了表示一点心意，编辑部同人以其余力，邀约与《读书》有关的文人学士，撰写一批学术论文，编集出版。经几个月筹备，现在已基本齐稿，不久问世。它不是一本富丽堂皇的纪念册，印刷、装帧尽量不使过于简陋，但也绝对金碧辉煌不了。出这么一本书有什么意义呢？我们也难说清。最多无非是：使《读书》杂志多留一些痕迹在世界上——这大概也是人之常情吧！

这倒可以说明我们为什么要出的是一本学术论文集——因为学术文章生命力较为久长，于是杂志以文传，使得《读书》也能多为一些人所记得。例如，我们很多人都记得浦江清先生的力作《花蕊夫人宫词考》，由此也就想起来它的独特的出处和出版情况等等。

办刊物同其他事情一样，到了时常想到要为人们记得的时候，那么，这个事业总是已经有点使人不记得了。我们当警惕这一点。《读书》曾经以其锐气和活力开其始，当今"百月"之际，我们仍在总结经验得失，希望它今后仍然是一个小型的、简朴的、无足轻重的但是使人不易立即忘却的刊物！

《读书》一九八七年第七期

不免有三分傻气

"白雪。夕阳。一个红衣红帽人引着一乘翠帘红顶小轿，凌空虚步飘然停在武林名门'岳阳门'前。旷世姿容、绝代风华的'丹凤轩'女弟子，为报师门几十年前的一段宿仇，数日之间使岳阳门满门丧生。一名记室弟子尹剑平侥幸脱逃，并立誓复仇。一场恩怨情仇交织在一起的动人悲剧徐徐拉开了帷幕……"

如此人物，如此情节，真是我见犹怜，由不得你不动心。天天看《读书》的文稿，乏味了，书市上买书又方便，何妨买一本看看。

于是，出现了一种比较：白天，在编辑部啃板起面孔的稿件，晚上，躲起来欣赏"扑朔迷离、莫测高深的奇招异式"。据说，许多大科学家业余时间也乐于欣赏武林奇事，所以这并不为怪。但是，对非学者说来"比较"可能不是一件好事。比来比去，不禁有了一个想法：既然有了那么多迷人的书，你还编这类干巴巴的劳什子干啥？讲新教伦理，谈无序、有序，讨论"看不见的手"，研究"存在"是否先于"本质"，既吸引不了多少读者，又容易惹是生非。有了这个想法，对工作就不免懈怠一些。

不过职务所羁，稿子还得看。凑巧，看到本期那篇讨论《存在与虚无》的很用心写成的稿子。作者力求深入浅出，但是，要说动人心弦，自然远不及那个"帷幕"拉开以后展现的"动人悲剧"。发不发？正在为难之际，瞥见稿子末尾写着：这原是一本过了时的书，不值得夸扬。既然如此，自然也不必去同"帷幕"后的事情一争高下，发就是，好歹编《读书》、读《读书》的，都是不免有三分傻气的。

搞文化，有时不免要犯傻。花十来元钱订一年《读书》而不去读帷幕后的动人故事的，大概都有点傻。

《读书》一九八七年第八期

唯恐失之艰深

读一本《读书》，最好采取什么姿势？

这话说得离奇。《读书》的读者多半是"读书破万卷"的，难道这一点还要你说！

读者如何读，当然有读者的自由，但是就编辑来说，却不能不考虑一下这件事。假如我们希望读者正襟危坐，左边有二十四史，右手放着《不列颠百科全书》，边读边做札记，严肃认真，一丝不苟，那么刊物应是一种编法。假如我们设想的读者是横靠在躺椅上，信手拿起刊物，从自己喜欢的那一篇文章随便读下去；或者是把刊物揣在口袋里，什么时候乏了掏出来翻翻——那么这刊物又该是一种编法。

我们的设想，《读书》的读者应多半是后一类。不过，由于工作的缺失，有的文章又常常失之艰深，使得读者不能在第二种阅读姿势下终卷。于是，我们经常听到"看不懂"的反映。这个意见是值得注意的。

在作者的协助之下，对这一期的文章作了一些努力。是否完全深入浅出了，实未敢必。不过由此使我们产生了一种信心：即使谈过去很少接触的新观念，还是可以做到浅显明白的。我们的目标是：在不改变刊物的宗旨、特色的前提下，使得没有有关专业训练而有相当文化素养的读者，都能在第二种姿势下有兴趣看完《读书》的文章。

我们强调"没有有关专业训练"，因为这是一个综合杂志。谈哲学，论经济……对象都是外行。经济专家要了解自己的本行，自然不会找上《读书》。我们又假定读者"有相当文化素养"，是因为这里不准备为影星艳史、勇士格斗之类提供篇幅。

要做到这些，谈何容易，只望作者、读者多加协助，也祝愿我们自己不要丧失信心。

《读书》一九八七年第九期

短些，再短些！

四十多年前新闻界就有"短些，再短些！"的名言。以后不断有人重提，可见"求长"是一个通病。回顾《读书》八年多的历程，文章也是越来越长。上期我们谈到读《读书》的"姿势"，有人读后相告：贵刊一九七九、一九八〇、一九八一年尚可"卧读"，此后实在困难了。"卧读"不一定比"坐读"好，但由此至少可以见出，文章正在拉长，生动、活泼可能正在减少。

现在，一个巨大的压力迫使我们重新温习"短些，再短些！"的名言，考虑改进杂志的编法。

这就是：从明年开始，不仅刊物的定价要调整（每期从七角增为一元零五分），而且篇幅可能要稍稍减少。这样做的理由，这里不必细表，大概在近几个月内，多数杂志都将就此有所说明。就《读书》说，压力还更大些，因为它原先的发行折扣比较优惠（七五折），从一九八七年中起改为六折，影响较大。另外，它读者面比较窄，一九八七年又没有调整定价。但无论如何，有一点可以奉告诸位读者：我们决不是为牟利而编印这个刊物。这一点大家从刊物的内容、性质、特色等方面都可以看得一清二楚的。

刊物增加定价、减少篇幅，是大势所趋，是否合理、必要，我们不必置议。对刊物编辑来说，倒是很应该把这当作一种改进工作的动力。像《读书》这样，办了八年多，不免要显"老相"。通过经济压力，或可更自振作，在各方面有较多的改进。当然，我们绝不改变《读书》的原有性质及读者对象，恰如第七期安徽六安孙小著同志所指出的（第七期158页）。

《读书》一九八七午第十期

信　任

经过几个月艰难的回顾、思索，发现《读书》杂志有很多缺失。现在回过头去看过去编的东西，不免有点作家们看自己习作时的况味。要是时光可以倒流，让我们重编一番，很多工作可以做得更细，言论可以更周详，片面性可以更少。但是，也经过这番思考，我们深深感到：《读书》的极大多数文章是好的，这个刊物的存在方式是对头的。如果真是可以重来一遍，就我辈现有认识来看，在思想基调上并不会有一百八十度的转变。

当然，要做好工作，不能念念不忘于后面这一点。所以说这些，只是说明自己尚有存在的价值，对于自己的工作建立若干自信而已。而要图发展，还得多看自己的缺失。

出于这个缘故，趁着《读书》正在考虑明年的编辑构想之际，诚恳期望《读书》的朋友们对我们进行帮助，指出我们的缺点，为我们设想改进的办法。最近几个月，各地读者来信特别多，慰存者有，鼓励者有，批评指正者也不少，有的还把自己批注过的刊物寄来，令我们感动不已。在这同时，《读书》收到的来稿也多了。上期不少有分量的书评，本期若干稿件（如胡乔木同志的后记），都是作者热情地自发投来。这说明了《读书》的朋友们的信任。

现在，我们面前放着刚刚收到的期刊登记证，摊着大批的来稿来信。此景此情，使我们意识到：中国的知识环境也还需要、还允许这么一个不经眼的刊物。既然如此，就让我们狠命把它办好。

而要办好它，就得先听取朋友们的具体意见、要求……

《读书》一九八七年第十一期

海峡那边

编这期刊物的时候，海峡对岸频频传来信息，似乎多年的"隔绝"状态有可能出现一些松动。出于职业的原因，自然要怀着自己特有的目的，去逛书市，查书目，看看有无可以评介的对岸的出版物，为彼此交流读书心得多做一点工作。

这是不能"立竿见影"的。现在起意来做，实现愿望可能会在半年之后。但是，在逛过书市、查过书目之后发现，也许还要更晚一点时候才能完全达到目的。

这些年，大家知道，在海峡的这一岸是竭力鼓励"三通"的。几年以来，出版的台湾书不可谓少。然而，当你多少怀着一点从学术上进行评介的意图去遴选出版物时，又选得上几本呢？

说来说去，还是那几句牢骚话：我们的出版家们，太热衷于介绍恩恩爱爱的故事，缠绵悱恻的小说，惊险动人的情节，不免忽略学术上的认真探索。现在大陆的男女读者耳熟能详的几位台湾的女作家、历史小说家……我们是十分尊重的，但我们也绝对不能忘记几十年来，在这个千万同胞居住的岛上，也还有认真的学人、严肃的作家，他们的业绩，同样（至少是同样）值得我们了解、交流；尽管观点不尽一致，也不影响增进彼此的共识。

这些年来当然有不少出版单位作出许多令人钦佩的成绩。例如北京的中华书局，单是翻译出版篇幅浩瀚的《顾维钧回忆录》一事，胆识魄力，有目共睹。要是说现在在图书评论工作上在这方面毫无事情可做，也不正确。但是，做起来极费力气，终是事实。

借这机会，无非是向读者交代：我们正在做这方面的工作。

《读书》一九八七年第十二期

我们的班底

　　上级规定，从一九八八年起，每个刊物要公布主编、副主编的姓名。读者会在这一期《读书》末页发现两个陌生的名字，不免突兀，因此有必要稍作交代。

　　《读书》是由若干位出版界前辈创办的。陈翰伯同志作为全国出版事业的领导人，曾对《读书》的擘画、创办尽了很大的力量。陈原同志在领导商务印书馆、研究语言科学、主持中国语文应用工作之余，长时间担任本刊主编。三联书店负责人范用、倪子明、史枚同志，继承"三联"的传统，以副主编身份，带领若干年轻编辑，面授身教，并负责实际编务有年。文学家冯亦代和漫画家丁聪同志，也长期以副主编、编委等身份，帮助《读书》工作。此外如三联书店编审戴文葆同志等，都曾为《读书》尽力。当然还可举出一批顾问、编委的名单，限于篇幅，就不细说了。

按照当前对刊物编辑工作的一些规定，主编、副主编的责任，落到了两个也曾长期参与《读书》的工作却无甚"知名度"的人身上。沈昌文由于其在三联书店工作之便，几年来为《读书》处理种种全局性的事宜，而得以忝为主编。董秀玉也因其在三联书店工作，现调往香港，得以联络境外作家，使《读书》更加具有沟通海内外的作用，列为副主编。

《读书》的具体编辑工作由三联书店《读书》编辑室担任。那里有五位三十来岁的年轻编辑：吴彬，中国文学编辑；赵永晖（丽雅），外国文学编辑；杨丽华，哲学、美学、心理学编辑；贾宝兰，经济学编辑；五人之首为王焱，董理编辑室内的日常业务，并兼任历史学、社会学等方面的编辑。

值得提出的是，老一辈的《读书》创办人虽然已经不再担任日常编辑工作，但仍然在为《读书》操劳，仍然是《读书》大家庭中的一员。如本期卷首一系列老作家的文章，即为范用同志所辛勤组约。陈原同志将在近期推出他的专栏。冯亦代同志不顾高龄年迈，每期的文学稿件仍然逐一过目，还每期必定撰写海外书讯一则。丁聪同志仍然设计版面，画绘人像，而且效率之高，为所有老、中、青之冠……

《读书》之"班底"，大致如此。所以为此饶舌，不是想借以宣传《读书》如何实力坚强，而只是交代一下：《读书》并未改组，刊物办好办坏，也还是当年的这么些老的，中的，少的，男的，女的……

人是这么些人，刊物内容当然还想不断更新。读者可以从这一期的目录约略看出一些端倪。我们目前奋斗的目标是：在不降低刊物的品格、不改变其性质的前提下，尽可能提高它的可读性。这话已经说过许多次，也已作过不少许诺，但是仍然未能尽如人意。现在再作许诺意义不大，只是逐步做去就是。我们只希望读者时常就此给我们指点、帮助和监督。

在去年第十期《读书》上我们说过，从一九八八年起，要调整定价、减少篇幅。现在，定价仍按原议调整，篇幅则未减少，因为看到很多热心的读者的来信，他们对《读书》的那种真挚的爱，使我们不忍心这么做。然而，这么一来，如果一九八八年内纸张、印工还要调价，《读书》就将像一九八七年一样，出现相当大的亏损。现在只能祝祷一九八八年不出现这情况！

《读书》一九八八年第一期

多开窗户

"编后絮语"写了整整五年，一直是"自拉自唱"。偶或收到热心读者的来信，或奖饰，或批评，或持异说，或表赞同，也都只是收信人心里有数。而且因忙，因乱，出于其他种种原因，不少来信没有答复。这就更加成为"单程交通"，有违当初写"絮语"的原意。现在，对这一类文字的关注多起来了，读者来信也多了，社会上又提倡"对话"。我们既然无法同读者面谈，又大多不能函商，不妨在刊物上进行对话和交流：于是就有本期《读者·作者·编者》的安排。

把读者来信排在刊物之首，有点"外国派头"。但所以如此，却还并不全是出于"西化"，只是觉得很多读者的批评不仅中肯、正确，而且事关《读书》大局，值得首先引起读者注意。我们希望，以后每期开卷都能编排这么一栏，用一些十分精粹的文字，来反映读者对近几期《读书》的看法。来信可写本名，也可署笔名。由于篇幅有限，希望准许本刊编辑部对来信删节。我们对这种安排寄予极大的希望，诚恳要求热心的读者给予协助。

好几位读者希望《读书》编辑部同人要有信心。确实说到点子上了。每当围绕《读书》有些小风波的时候，我们编辑部的几个"小角色"，总是会想到一九八一年第一期发表的《两周年告读者》这篇文章。这篇出自《读书》创办人手笔的编辑部文章，态度何等镇静、安详，自信力何其坚强，对读者判断力的信任何其充分，又何其富有自我批评精神。几年以来，我们一直循此前进，大体上未尝懈怠，也不应懈怠。但是，就对自己的方针的信念坚定而言，是远远及不上几位前辈的！

《读书》几年来当然有发展，有变化。这变化有好的一面，如对外的窗口开得越来越大了；也有可以讨论、研究的一面，如文章越来越长了，可读性渐渐不足了。肯定是好的一面，我们继续发扬。过去呼吁窗口要开大，这次我们呼吁要多方位地开窗户，即为一例。开窗的目的既然是多吸到新鲜空气，则管它朝东朝西，凡于我社会主义现代化有用的，都不应当排斥。陈志华教授提出此意，正合编辑部的心思。我们根据教授大作中的原话，重拟了一个标题。这提法、这文章在此时此地发表，纯属种种偶然因素的凑合，与远离《读书》编辑部万里之遥的某个"中导协定"会谈完全无关，我们也绝无以此配合形势之意，敬请热心的读者明鉴。

至于文章长好短好，有时不可一概而论。大体来说，我们是赞成短文的。本期因时间仓促，短文不足。但来稿有过长的，不得已做了一些必要的删削，务望作者谅解。《读书》的稿件，我们以为以五六千字为宜，希望作者能够支持。

当这一期发稿的前夕，消息传来，《读书》的订数仍旧大体维持原数，没有下跌。这个消息无疑会使我们和读者信心倍增。我们知道，这是无数位读者"少饮几盅啤酒"的结果。"苦中作乐，唯书可读"，有这样的读者，我们还有什么可以担心的呢！

鲁迅、韬奋、巴金……许许多多前辈编书编刊的时候，最大的鼓舞来自千千万万热诚的读者。在一个意义上说，读者也许相当于产品的主顾。不过，当谈到精神产品的时候，我们总还不敢随便引进"主顾"这一虽然便捷却不免使人气短的词。这也许是我们过分守旧之故。好在《读书》的影响不大，我们只希望能与对《读书》有偏嗜的读者，长久保持一种人类中必将永存的"相濡以沫"的关系。

《读书》一九八八年第二期

请柳苏出场

　　三四年前某一期《读书》的《编后絮语》里我们说过，天天看读者的来信是编者的一大乐趣。是哪个哲学家说的，人得靠交往才能过活。那么，读这些信就是同广大读者的一种重要交往。你的工作成果，有几万双眼睛盯着，几万个心灵关心着。看完这些信，不论是赞扬，是批评，是鞭挞，只有一个感觉：松懈不得！

　　最近的来信，大量是关于建立"读书俱乐部"的。在去年第十二期里，我们就这问题发表了一些意见，想不到有那么热烈的反应。不少读者希望有这么一个为他们服务的机构，愿意支持和参加，有的还十分热心地表示愿意为它奔走。

　　《读书》杂志的"班底"，我们在刊物第一期上公布过了。公布之时，不无踌躇。这样一个"班底"已经工作了恁多年，不说出去，也许不无神秘之感，使人莫测深浅。但是，对自己的读者来说，保持神秘感莫如现出透明度。这么一些人，这么一个"班底"，怎么还能搞什么"读书俱乐部"呢？

当然还有资金来源、办公场所等等一系列问题。我们现在也都在筹措，也都在未定之天。

但还相信事在人为。现在走的第一步是在这期刊物上印发一张调查表，希望读者帮助我们考虑一些问题，提出自己的要求。相信读者中不乏事业人才、经营能手，能够为我们设计、筹划。我们特别寄希望于在北京的离退休的《读书》老读者。如果能得到一批不在编制的同志的协助，则此事也许较易成就了。

关于这期刊物，我们组约了几篇谈论中国知识分子和中国文化问题之间的关系的文章，作为开篇。提出"读读周作人罢！"并不是赶什么热门。周作人可能谈得很多了，书也出得不少了。但也正因为此，才需要更加深入地谈谈。我们还是相信"开卷有益"那句话，也不赞成在读书问题上设立不必要的限制和"禁区"。仅仅说某书当读、某书不当读，往往属皮相之见，要之在如何读法。此鲁迅所谓陈年旧账本也可以一读之也！

读书当然要引导。其中，开书目是一法；而对稍高层次读者说来，则介绍适当的见解，提供必要的资料，说明实际的背景，更是一法。这就是一种引导。仅仅主张"开卷有益"而不加引导，是不合适的，而如果办杂志，写文章，努力帮助读者正确理解底蕴，洞悉堂奥，则"开卷有益"何罪之有！

当然，这也不否定根据书目来对工作进行指导、管理。只不过想说，对管理工作者和帮助读书的人来说，其之所司也许略有分别而已。

有了这种想法，我们又大胆地请柳苏先生连续三期畅谈几位香港作家，包括新派武侠小说和言情小说的作者。柳苏先生熟谙港人港事，许多人、书、事都是他亲历、亲闻。文章不仅生动而富文采，而且具有史料意义。读他的文章，更可见读书一事具有何等复杂的内蕴，在这问题上"一刀切"，曰此书绝对可读，彼书绝对不能读，此类书必要，彼类书不必要，往往不确。

《读书》一九八八年第三期

张承志的感慨

　　作家张承志在本期《读书》发出感慨："学科发展的不节制导致了印刷垃圾危害人类，在论文专著堆成的黄土高原之下，真正科学的金脉已经被深深埋葬了。"

　　张承志为了帮助读者发掘"真正科学的金脉"，推荐了一部学术专著。这部书可能不是人人都必须阅读的，但是，他指出的这一种文化现象，却值得每一个关心中国文化前途的人思考。

　　中国的"印刷垃圾"，正在随着中国社会的发展，日益泛滥。这是一个未能忽视的现象。

　　中国是有制造"印刷垃圾"传统的。人们不难记得，在一个长时期里，有的书可以不顾读者需要，成十万成百万地印。一本书从印刷厂出来到书店再到废品公司，流程之迅速，令人惊讶。

现在大量的"印刷垃圾"，主要是另一种，那是因商业化引起的。我们无意谴责出版发行工作的商业化，但是由此产生的"印刷垃圾"的泛滥，却不能不引起注意。文化、出版需要自由竞争，但如果着眼点不是真正的学术自由而只是一味强调收益，那么结果究竟是优胜劣败还是劣胜优败大可怀疑。

撇开管理当局要做的事不说，对我辈文化工作者说来，重要的是努力发掘"真正科学的金脉"，奉献给读者。

因此我们要感谢张承志，以及其他为此努力的作家、学人……

《读书》一九八八年第四期

文化"整合"

编完一期《读书》，看看目录上的作者名单，老中青、海内外各路人马齐备，各种流派的不同论点纷然并陈，每每感到喜悦。就如这一期来说，前辈学人如陈岱孙、郑朝宗、金克木；青年作者有张维平、梁治平、何怀宏、苏炜、杨炼、唐晓渡。许征帆等马克思主义学者各从自己的角度进行探讨。柳苏先生身居内地，心怀香港文事，奕馨先生来稿，专写台湾文坛。李治华先生久居法国，专程寄来他对罗人冈诗作的评论。一份小小的刊物，四个人编辑（过去说五位，现有变动），也居然能请得到这些人马，实在是够愉快的了。

这里值得特别一提的是文化的交流，更确切地说，是海峡两岸文化的交流。王则柯先生在本期《读书小札》中提到"当代中国文化传播的一种奇特现象"，这就是："左中右排队，党同伐异，舆论一律。在台湾论鲁迅有罪，在大陆看不到林语堂的书。其后果是文化结构的脆弱化，单薄化。忽如一夜来了弗洛伊德，势成铺天盖地。"凡此种种，都是令人痛心的。但是这些毕竟是正在过去的事了。

海峡两岸的文化交流，开始已经多时。从通俗文学开端，继而发展到学术，以至向整个文化领域全盘开拓。台湾有印大陆书的"热"，这里也一点不冷。奕馨先生从台湾文人的角度，提出一点忧虑；这里的文化人想必也有对大陆的"台湾热"的同样的想法。为了交流的健康发展，这些都是必要的。看来问题的解决，只能靠进一步的深入交流。捐弃成见，深入底蕴，才能说得上深深吸收到彼此的文化营养。

一位台湾出版家发表意见说，现在已经出现"全球中文图书市场的整合"。这实质上也是一种文化"整合"的可喜迹象。由于海峡两岸现在都已开始出现不同程度的沟通的要求，所以这种文化的"整合"日益明显，它也不能不表现在像《读书》这种刊物上。我们希望今后更多发表台湾作者的内容扎实的文章。

有人认为，在这种"整合"中，台湾的出版家会担当

"文化领导者"。作为一种对自己工作的要求，是无可厚非的。但是文化这一档子事有时也怪，单讲企业精神、组织能力、机动性、想象力之类，以及雄厚的资力、充分的财源，有时竟还不能穷尽其中原委。它还需要宽博的胸襟、深广的学养、根深叶茂的文化基础，特别是充分的学术、研讨自由。这些方面，两岸三地，应当说彼此都可以互补短长。现在需要的是，大家提供充分的园地，让炎黄子孙中的优秀儿女来各显身手，把自己的才具、识力一一表现出来。

在这样的宏伟事业中，《读书》无法领导任何人，只求为此献身！

《读书》一九八八年第五期

书是死的，又是活的

　　书是死的，又是活的。一本好书，充满了活生生的思想，是一个或一些活生生的人创作出来的。好读书的人，当然又都是思想活跃的活生生的人。从这观点看，读书也者，也是作者与读者之间的一种"人际交往"。我辈编辑，只是在其中尽一个介绍之责，使作者和读者相互认识了解。《读书》杂志更是完成这么一种责任的刊物。

　　由是观之，《读书》既要谈书，自然也要谈人——谈作者，谈一切与书有关的人。文学家冯亦代有作品题曰"书人书事"，大可成为《读书》的一个宗旨。这个宗旨，在《读书》创办之初，贯彻得较好，年来却有忽视，主要是谈书多，谈人少。

　　李文俊先生于主编《世界文学》之余，对"书人"有了兴趣，迭寄佳作来此。第一期谈加尼特，一位文学翻译家，这一期专谈一位出版家。在一切劳作都要凭是否可以得到"职称"来估量的时代，李先生的这种雅兴，值得我们佩服。因此再邀约几位专家，专写"书人"。篇幅所限，这期只能发表三篇，列于刊前，余容续刊。

纸张短缺，纸价飞涨，《读书》第四期已用劣纸，今后如何演变，更不可知。李文俊先生大作告诉我们：出版家在困难条件下，也未始不可工作。希望窳劣的纸张、模糊的印痕不致过分减杀读者、作者和出版者的兴趣，大家继续把《读书》办好。

《读书》一九八八年第六期

"每一寸都是女人的女人"

　　好像在专门回答美国得克萨斯州李文英女士（？）善意的责备，这一期许多文章谈到了中国的女性问题。实际上当然不是这样。《读书》总共四位编辑，虽则是清一色的女性，但是怎么也不可能在收到李女士来信后十几天内就约写出这些稿件。

　　这只能说明，海内海外，年老年轻，男的女的，不约而同地关注到了中国的女性问题。

　　李洪林先生是著名的改革思想家，他从政治角度，思索中国妇女的封建重担。舒芜先生以中国文学专家的敏锐，娴熟地剖析中国女性文学之种种。方非女士结合中国的妇女问题，谈到那本著名的《查太莱夫人的情人》和其他著作。更不要说柳苏先生这一期绍介的偏偏是一位"每一寸都是女人的女人"，金克木先生讨论的几部英国小说，又有一些是女性文学的名著……

李文英女士说得对："中国人的大男子意识没有随着政治措施完全更新。"事实上，在我们久居这块土地上的人看来，恐怕问题还更复杂一些。某地一位颇著声望的人士一年多前在公众场合责备《查太莱夫人的情人》说：居然出版了一本谈撒切尔夫人情人的书，不是破坏中英外交关系是什么？这类奇特的语言现象，不知是否值得社会语言学家陈原先生从"语言的密林里"找出来加以剖析。

"书太多了！"吕叔湘老人这篇隽永的散文可以一读再读。人类什么时候从桥上往下扔的不是劳伦斯一类的文学名著，而是确实无用的印刷垃圾呢？！

《读书》一九八八年第七期

"相见亦无事，不来常思君"

朋友相处，有一种境界是"相见亦无事，不来常思君"。

编刊物要是能到这程度，才可叫"绝"。编辑不是一味迎合地去研究市场的需要，并不总是挖空心思地考虑如何打好"擦边球"，使得刊物惹人注目，而是同读者在精神、思想、心境上自然契合，"想到一块儿去"。这样，读者收到刊物，也不一定要想在其中发现惊人的话题，但要是见不到刊物，却确实会有"不来常思君"的怅然之感。

叶秀山先生来稿介绍宗白华的美学思想说："诗的意境有时竟会被失落，并不是人们太'普通'、太'平常'，而是因为人们都想'不平常''不普通'。"又举宗白华的治学为例说："'超脱'和'淡泊'正是为了'入世'，进入那最根本、最基础的世界，体察那最真实的、本源的世界，有所为有所不为；在更多的人为各种实际事务奋斗的时候，守护着那原始的诗的境界。"

叶先生说的道理似乎也能用到编辑工作中来。编刊物之忌，有时可能正在太想追求"不普通""不平常"，而没有去追求些更根本的境界，没有追求与读者在这些根本境界上的契合。本期刊出四川乐山李大庄先生对《读书》编辑部的忠告，我们想，其积极意义也正在此。

《读书》绝不一味消极地淡泊和超脱，它密切关怀文化的命运和现状。但是，它显然要有更多对文化的"终极的关怀"，使自己更加具有深度——一种明白晓畅而非深奥费解的深度。

《读书》一九八八年第八期

"新生创伤"

　　婴儿呱呱坠地，脱离娘胎，从今以后要靠自己来过日子，由生而老，而病，而死，历经人生的种种艰辛苦难。在母亲的子宫里，也许是舒服一点，但人长不大。要发展，就得脱离子宫。但是脱离的过程是痛苦的，令人畏惧的。心理分析学家称婴儿出生时产生的这种种不适应情况为"新生创伤"，它是人生最原始的焦虑。

　　在当前商品经济发展的条件下，中国的知识分子是不是也正在经受某种"新生创伤"？

　　过去几十年，知识分子自然没有什么太平日子过。但无论如何，总是被"包下来"了的，每月总有一口苦饭好吃。政治上遭到打击，一个大磨难是减发工资，有的只发生活费，那自然苦不堪言，但是你也没法去自谋衣食，好好歹歹，只能在这并不再给你温暖的"子宫"里过日子！

商品经济一发展，大有要把知识分子赶出这个不无舒适或者冷漠无情的"子宫"的趋势。于是，人间一片"呱呱"声。这号啼，这叫喊，究竟是对新生喜悦的欢呼，还是对逐出"子宫"的悲戚？

我们请了一些专家，从思想史，从历史经验，从国外情况各方面，对知识分子问题进行了一些分析，介绍一些可读的书。只希望我们大家能尽早超越和克服这种"新生创伤"，不致使自己长久地处在进退失据的空间里。

《读书》一九八八年第九期

用"？"还是用"！"？

老师教中学生用标点，往往首先说的是句号。学生学写作文，常常全篇逗号到底，头绪不清，有时在文末也不加句号，好比口袋没有底，东西会全漏光。

对中学生来说，句号是重要的，它提示一种对生活的阶段性、肯定性的认识。但对成熟一点的人来说，句号就不够了。

近几十年来，我们在写生活这篇大文章时，喜欢用的是"。"和"！"，很少用"？"。人们习惯地以为，凡事到了自己当家做主的时候，无事不能用"。"来表示其之完满了结，更是无事不能用"！"来显出其之充实、美妙、无瑕可击。喜欢用"？"的人，常常处境坎坷，命运悲惨。

这两期《读书》，两位大学教师用"？"来说明自己对文化的关切。北方的赵建文，通过对毛泽东哲学思想的进一步了解，深悔自己长期未能使用"？"，指出不用"？"的教学乃是"死路一条"。南方的默默，用一连串的"？"，说明哲学上的理性统治没有解决全部问题（见第九期75页），从而引起他写一系列文章介绍少人问津的西方神学思想的愿望。

"？"不代表生活的全部意义。人终究要靠"。"和"！"来坚定自己的信心，还要用"……"来认识人生的无限。但是，不准用"？"的生活，毕竟太可怕、太可怜也太可惜了。

我们向往改革后的允许"？"的思想生活，因为它能激起思绪和探索的热情。"。"只是生活中必要的停息，并不是永久的绝灭。"！"是需要的，但要是用得太多，你不厌烦吗？

《读书》一九八八年第十期

想起本雅明

　　商品经济对文化发展带来巨大影响，产生不少新现象。有人忧心忡忡，担心中国的文化一脉由此断绝。不过，麻烦的是，对于商品经济，我们前不久不是还在讴歌的吗？就是在今天，我们不也还是坚信它的必要性，并且鼓励它发展得快些吗？

　　这样，大家很容易想到西方的批判理论，例如将近半个世纪前才华卓越的德籍犹太人本雅明。《读书》的朋友、远在美国费城的唐小兵，于大都市生活的烦嚣中想起了此人之论波特莱尔；本刊的新作者，就在北京工作的张旭东，也在这时为我们介绍了同一主题。这反映了关心中国现代化的知识层面的共同心态。毫无疑问，从对现代化和商品经济的朴素的无保留的肯定，发展到今天必须抉示其必然产生的负影响，是一种历史的进步，而不是倒退。问题不是要反对商品经济，而是必须建立必要的社会机制，而救治它对文化的负作用。

《读书》以反映知识分子的心声为其使命，今天自己当然也处在这种"两难"的境地。年来为此而发的牢骚、抱怨，已颇不少。现在明年杂志已经征订，我们在这种处境中，实在不敢作出什么特别的许诺。所能做的，只是尽力从中国知识分子的立场出发，继续探索、反映、认识中国的种种事情，为他们提供一些有用的精神资源。《读书》近十年，定价翻了两番还多（0.37元→1.80元），处于体脑"倒挂"状态的中国知识层，他们的收入一般说不会有与此相应的增长。照此说来，凡是订阅《读书》的读者，无不对自己的物质生活作了牺牲，我们深刻地领会诸君厚意，特别在此拜谢！

《读书》一九八八年第十一期

文化的前途

　　九月号就知识分子问题发表一些议论，看来产生了不少反响。在商品经济条件下知识分子往哪里去？是知识界的一个热门话题。赞成知识商品化者有之，反对的也不少，但不论如何，大家都赞成一条：在新的条件下，知识分子必须有思想的自由。物质的困苦可以承受，可是探求知识的自由不可缺少。知识分子目前虽然处境艰苦，特别是"体脑倒挂"使人难以承受，但是人们之所以为此哓哓不休者，大多不是考虑个人的生活，而是中国文化的前途，实际上也就是现代化的前途。思想自由诚然是知识分子的"生活必需品"，同时它更是中国现代化不可或缺的条件。

　　由知识分子问题自然会考虑到中国文化问题。现在中国的"文化热"已经变成"文化冷"。照本期周彦的说法，中国正处于"文化低谷"之中。既云"低谷"，必有高峰，我们大可不必悲观。但是，如何走出低谷，实在是一件费斟酌的事。我们希望就周彦的想法提出一些话头，以后有更长足的讨论。

中国文化和中国知识分子苦难重重。这一期里，柳无忌先生向我们重新温习了朱湘的生平，周月亮介绍了他的老师朱泽吉的处境。这两位代表了三十年代到八十年代中间知识分子的坎坷。但是，这并不是问题的全部。你看，像汪晖在这期介绍的钱理群，不也还在他的"陋室"里奋发吗？这一类在艰苦条件下发奋有为的知识分子，将是中国知识界的主体。

路是人走出来的。中国的文化，中国的知识分子，决不会灭绝、消沉。

《读书》一九八八年第十二期

请王蒙出场

涨价一多半的《读书》，能不能有"一小半"的改善，从而使读者得到某些补偿呢！这是这几个月萦绕我们的一桩心事，《读书》编辑部内部讨论的一个热门话题。

有过一桩桩试验，做过一番番考虑，现在拿出来的，似乎还是老样子。只是请了一些热心的作者帮忙，赶出一些新风格的文章，例如王蒙的《欲读书结》专栏。有些读者希望我们变，有的读者不赞成我们变，但是一个共同要求是，希望刊物性质仍然是严肃认真的，文章形式却要是生动活泼的。不知道王蒙这样的文章适合这种要求不？

《读书》几年来也曾经作过不少"悲壮的努力"，企图以比较诡异的形式，甚至晦涩的文字，来逗起读者的智力兴趣。李陀等为文学方面的这种劳作做了总结，似乎也在某种程度上适合《读书》。不同的只是，文学方面的这种努力可能由专业杂志继续进行下去，《读书》杂志的这种努力却应当终止。这不是说自己不愿"悲壮"了，而是由于分工的关系。作为综合性杂志，过于涩塞冗长是不合适的。

《读书》准备逐步地关切更广泛的文化、思想问题，传达大文化领域里更多的信息。读者要求《读书》关怀现实。这是完全正当的。但是《读书》毕竟不是政论刊物。我们想，还是从文化现实关心起吧！当然，这也得逐步做起来。

《读书》一九八九年第一期

吃猪肝还是订杂志？

一位老教授订了多年《读书》。去年底，杂志征订，太太问教授说："你身体这么虚弱，要经常吃猪肝。现在杂志涨价，我们只能有一个选择：吃猪肝还是订杂志？"结果，教授不得不选择了猪肝而放弃了《读书》。

这故事诚然使我辈感到有点寒意，但是认真说来，教授做得一点也没错。

因为这一点"没错"，《读书》今年大约丧失了五分之一订户。因为这丧失，可能会使得《读书》编辑部诸君的菜碗里少几片猪肝。当然还不致大害，我们还是有决心、有兴致把它办下去。

《读书》今年涨价达百分之七十。这中间，是因为估计到了今年还可能存在的纸张提价。按理说，这种"估计"不应算到读者身上，因为读者是在年初就预付了订费的。

不幸的是，按现行体制，杂志订费由发行部门收取，出版社不能用以预购纸张。出版社在杂志出刊后才得到上期款项，再用以去买纸，筹备下期——谁又保得定下期纸张价格是多少呢！

这种打击还是小的，更为严重的是，如一九八七年四月，忽而一纸文件下达，杂志的批销折扣降低百分之十五。文件皇皇，真所谓"天要下雨，娘要出嫁"，一点改变的办法也没有了。

大家希望《絮语》里多谈雅事，这一次却实在雅不起来了。

《读书》一九八九年第二期

智慧默默流淌

《读书》关心宗教文化，为时已久。创刊未几，就已提出研读《圣经》，了解基督教文化（遗憾的是，这至今仍是一件困难的事）。以后，对小说《晚霞消失的时候》，对韦伯的有关主张，都曾有所议论。去年以来，在不少学人的帮助下，多次发表关于宗教文化的文章。默默发表《二十世纪西方基督教神学一瞥》，原意在用默默无闻的方式，传递一些有用的信息，结果未能"默默"，却受到了更多的注意。这一期陈家琪对默默的一系列思索有所回应，即是一例。

遗世峙立、嵯峨雄伟的哥特式教堂在欧洲遍地皆是，几百年来并无大变，但是讲道要用麦克风了，唱诗也许通过 Hi-Fi 了，墙上除了圣母、圣子形象之外，又加上在希特勒集中营里牺牲的神父名单了，更甭说布道内容的改变和神学研究的发展了。西方的传统同现代化的关系，值得我们探索。我们深信"宗教是人民的鸦片"多年，至今也不必"改宗"。但是，宗教难道只有"鸦片"一解，"鸦片"难道只有中毒一用，导师关于宗教只有"鸦片"一说，导师本身对宗教文化只有"彻底打倒"一想，导师的个别言论在今日只有拘守一途，诸如此类，在这变化的社会中，值得我们好好思索。

"默默"教授似乎无意更名为"嚣嚣"，《读书》无意也无力为宗教文化的讨论大张旗鼓，但是我们吁请读者注视和宽容在中国的知识山谷中默默淌流的这一智慧的清泉！

《读书》一九八九年第三期

《读书》十周年

《读书》到这期，正好满十周年。

这半年来，是"十周年热"。对这十年，各有各的看法，但无论如何，成绩是存在的。《读书》的存在本身就是一个小小的证明。尽管我们倡导了"无禁区"，传播了"新闻自由""出版自由"，讨论了政治体制改革，研究了马克思主义是不是一个学派……《读书》还毕竟为读者所容忍，被舆论所接纳。我们感谢对知识分子议论的这种宽容度，虽然觉得它应当还更多一些。

在十周年的时候，我们没法像二周年的时候那样，发一篇响响亮亮的《告读者》。那篇《二周年告读者》是本刊创办人陈翰伯亲自执笔的。这位老人溘然谢世，是我们十年来的一大损失。另一损失是本刊常务副主编史枚的去世，这使我们刊物在严谨方面有所削弱。长江后浪推前浪本来是常规，不过由于中国的特殊情况，一方面不得不努力地"推"，另一方面却未能审慎地"接"。"推"而未"接"，往往失常。

但是幸而《读书》编委会中至今还有七位老人，至今还对这个刊物十分关注。为了便于读者了解，这里把七位大名列后：

陈　原　范　用　倪子明　冯亦代
丁　聪　戴文葆　劳祖德

《读书》一九八九年第四期

拟作《洗澡》又一篇

　　夜深了，四周寂静无声，许彦成还在他的"狗窝"里，构思纪念"五四"的文章。

　　"文革"一场，杜丽琳竟然没有熬过。凡临运动，她照例比彦成"抢前一步"，勇敢检讨，大胆暴露。不料"文革"不比"洗澡"，主持人已经没有吟弄南唐后主的耐心，丽琳不但关过不去，连性命也送掉。大难方止，彦成从"牛棚"中出来，接他的却是仍然待婚未嫁的姚宓。以后，顺理成章，他们俩完成了多年的相思——虽然都已皤然白发。

　　彦成抚今念昔，不禁文思泉涌。自己当年怀抱"文学救国"的热忱，赶着回国，归根结底，还不是"五四"精神的感染？他们这一代，精神上正说得上是"五四"之子。"洗澡"以后，他埋头教英语语法，学习着使自己的思想也像一部语法一样，一一纳入规则，不稍逾矩。遗憾的只是思想的语法不是柴门霍夫订造的，简简单单的十六条，永无例外。彦成在夜深人静之际，终免不了"例外"一下，抄起一本外国的杂志看看，想知道这个文学世界究竟现在变成了一个什么样子。十年大难过后，自己地位陡然改变。过去"夫妻讲英语"成了罪状，现在邻居小孩都爱说"拜拜"。彦成仗着当年的"例外"，居然开得出讲当代文艺思潮的课。外宾一来，自然他要接待——除了进大饭店的门有时不便之外，其余一无窒碍。他出了几次国，发表了一些论文。学生们对他的讲课佩服得五体投地，他写的论文几家杂志抢着要。所有这些改变，难道不是"五四"精神重新发挥作用吗？

想到这里，牛棚里染上的骨刺也仿佛不疼了，真想把姚宓叫醒，好好研究、讨论一番。

但是，叫姚宓，谈何容易？人由壮而老，住处却由大而小。姚家的房子说要发还已经多年，至今还是一张远期支票，兑现不了。学校分配的宿舍，比"文革"时自己住的大了好多，学校的张书记也多次作为例证举引过。但是校领导不但不相信马尔萨斯，连"面积÷人口"这样的算术也懒得去做。先是小丽一家共住，接着小丽的后代成亲。于是彦成不得不仍然把自己放在一个新的、比当年更小的"狗窝"里，让姚宓同孩子们挤在一起。

彦成拄着拐杖，推开房门，去找姚宓。一阵冷气袭来，不禁打了一个寒战，脑里也忽然闪过一个念头："五四"到现在，整整七十年了，我们的整个成绩究竟怎样估价呢？德先生、赛先生究竟对中国起了什么作用呢？中国的事情究竟卡在哪里呢？

文思的泉眼仿佛一下子给什么东西堵住了，只剩得几个气泡在那里抽噎。彦成知道，这是大问题，叫醒姚宓也没用。他颓然回身，倒在椅子上，沉思片刻，捉笔伸纸，给《读书》写一封信，说明约稿无力完成，十分抱歉云云。

彦成知道，这一来，《读书》那位年轻的女编辑嘴巴会噘得像吉沃多的圆圈，真对不起她。但是，现在写"五四"的人很多。听自己的研究生说，余楠教授就有长篇大作问世。这种庞大的著作自然到不了《读书》那个小杂志，但是听说那些年轻人还很支持这个刊物，有不少留学生也常写文章：这刊物大概还过得下去吧？！

想到年轻人，彦成眼睛一亮，不由得向墙上那张自己大学时期的照片看去。"唉！希望还在年轻人！你们才有真正可能成为'五四'之子。只希望中国的环境不要逼得你们也走上我们走过的老路才好！"

真要自己写纪念文章，怕还不是那么一层意思！

（本文为杨绛著《洗澡》一书的拟作，目的是推销《洗澡》一书，所有情节均属虚构，并无事实基础。《洗澡》，三联书店最近出版，每册 3.50 元。欲购请与三联书店发行部联系，地址：北京朝内南竹杆胡同 91 号，邮政编码：100010。邮购负责人：戴京。）

《读书》一九八九年第五期

说 "逼"

　　有位读者诚恳地来信，希望《读书》大胆地评论一下书摊上的低劣图书，并且写来书评，要我们"拿出胆量"来痛斥。

　　这用意极好，做起来却实在很困难。

　　书摊上的书评不胜评，而且大量工作似乎是出版行政、工商管理和治安机构的事。你评了，买这些书的读者也未必看。

　　更主要的是，有些出版社出了点不太像样的书，原因不说自明，不忍也不想去责备。就算是"为娼"吧，我们不是早在五十年代就说过，可恶的不是"娼"，而是那个"逼"吗？大家都受逼，某些兄弟姐妹被逼无奈，出了下策，有力量的就加援手，有交情的就加劝说。大加挞伐，于心难忍。何况为"娼"所得，一大半还是上缴了。至于为娼自肥，肯定不在少数，这靠书评解决不了。

是不是也可以说："这个世界最需要爱！"

《读书》涨价百分之七十五，然而从第四期已经略亏。纸价涨了印工涨，印工涨了装订工涨，装订工刚涨好稿费又要涨——这一切涨价都是合理的，而杂志的读者预订款不给杂志社也是合理的。在一切"合理的"情况下，就让某些出版社也稍稍"合理"一下吧！

又说到了倒霉的经济问题。案头放着充满爱的书稿，又放着满是红字的损益明细表，你爱哪一个？

编印这一期时，到处人声鼎沸。看来，人们已经很难"听其自然"了。

《读书》一九八九年第六期

合刊致辞

出于技术、交通等原因，也为实现我们调整栏目的需要，将第七、八期合刊出版。切望读者鉴谅。

第七、八期合刊篇幅增大了近一倍，这使我们有可能多容纳一些文章，同时对过去的内容有所调整。为了适应读者研习马列著作的需要，特辟《学习马列著作》专栏。此外关于周总理伟大人格的研究等篇，也都是我们久想组约而未能如愿的题目，现在一并刊出。近年来，文化上引进较多而用马列主义思想为指导结合中国实际加以消化辨析不够。我们虽然有志于此久矣，但未能做到。今后当力求加强此类工作，想必这也是读者所希望的。

中国需要安定。本刊第二期（第 11 页）、第五期（第45 页）曾屡次指出，动乱不是中国现代化所需要的，它只会给国家和人民带来苦难和损失。诚望在今后更为有利的条件下,《读书》能进一步端正办刊方针,做到以马克思主义为指导,使以后各期有新的面貌。

《读书》一九八九年第七、八期

感谢老前辈

　　天热，人少，办事效率不免低些。七、八两期合刊出版，一期三百来页，成一重磅炸弹，已觉非常对不起读者。这一期，篇幅如常，但长文较多。暑天读长文，大是苦事，好在不少是名家力作，也许能稍补编辑部的缺失。

　　为本期撰文的，大多是《读书》的老朋友，不少是老前辈。学校放假，组稿不易，但是老作者、老读者都在，都能体恤我辈困境，予以支持，感何如之！

　　我们还是极愿把《读书》如许多读者希望的那样，办下去，并能面貌日新办出成绩来！

《读书》一九八九年第九期

《风狂霜峭录》

一九二二年，廖仲恺先生作《题八大山人松塈图》（调寄金缕曲），词曰："未合丹青老，剧怜他，铜驼饮泣，画才徒抱。丘塈移来抒胸臆，错节盘根写照。想握笔，愁肠萦绕。国破家亡余墨泪，洒淋漓，欲夺天公巧。缣尺幅，碧纱罩。繁华歇尽何须吊！且由他，嫣红姹紫，一春收了，地老天荒浑不管，空谷苍松独啸，经几度风狂霜峭。如此江山归寂寞，漫题名，似哭还同笑。诗四句，古今悼！"

这首词道尽了旧中国的风雨沧桑。几十年里，"经几度风狂霜峭"，共和国诞生。已故马克思主义经济学家许涤新，在临终前几年，记录了他亲身经历中若干"风狂霜峭"的片段，以上举廖词为全书主题，题名《风狂霜峭录》，即将问世。本期摘录其中部分内容，来说明共和国缔造之不易，证明保卫共和国之必要，同时亦为共和国诞生四十周年贺。

《读书》一九八九年第十期

别人的话

偷一点懒，下面只从本期各篇稿件中摘一些话，代替自己的语言。所摘的话，当然是编者读稿时注意到的，但未摘的，却未必没有注意到。另外，无论摘与不摘，都不表明它的对不对，这大概是不言自明的。

过去的文化并没有死去，而是就活在我们今天的文化之中。（18页）

有许多文学研究者，在美学思辨方面是天马行空，在心理探索方面是洞烛幽微，但一接触到实际的问题，却变得闪烁其词，结结巴巴……（22页）

对一种全然陌生的文化的接受，在一开始往往并非由理智的学者在书斋里开列"寻购单"决定，而是由大众的"好奇"心理作媒介的……（29页）

于是，桐城派在"五四"时期现实形象，便是仗着

"两杆子"来把守大门：一是国人皆曰可杀的徐树铮的枪杆
子……，一是行家所轻视的理绌词穷，胡搅蛮缠的林纾的
笔杆子……当时新文化运动者说的"桐城谬种"，已经是很
克制的说法。（39页）

许多时髦的洋思潮是有价值的，但杰出的作品——当
然包括中国的杰出作品——价值更高，人们不可能从思潮
演绎出杰作，人们却大可以从杰作中分析各种思潮或思潮
的胚胎。（44页）

专就解古典文学作品而言，近年有一种风气，曰解析，
或赏析，甚至曰辞典，办法都是，重复句意之外，随着说
几句修辞性质的好好好。……如果还想走上阳关大道，即主
要靠自己的眼力深入体会，最好是不看，至少是少看解析、
赏析一类书。（49页）

读（顾随）这样的义稿，不只见其文，而且见其人。
什么样的人？或哭或笑的人，推心置腹的人。这就使文中
的情意增加了重量。常见的宏论绝大多数就不然，而是有
文无人，虽然声势浩大，却常常苦于情意像是不真，死气
沉沉……（51页）

现实使他（朱自清）的思想渐趋进步。但变化之来去，

依然不脱一种人格的定力，即一贯的不守成见，一贯的平实正直。……他的有限的人生轨道，从一个角度大致反映了某种知识分子的存在状态。（57页）

……近百年风云变幻，……绝大部分人的口味和感觉都变得粗糙和迟钝起来，难得欣赏周作人那瓦屋纸窗清泉绿茶与素雅的陶瓷茶具。……周作人把爱喝苦茶解释为成年人的可怜之处，可我想下个世纪的中国人未必真能领悟这句话的分量——但愿如此。（60页）

反思、再认识就是要恢复马克思主义的本来面目，恢复它的科学内容，既要破除对马克思主义的教条式的理解和不符合马克思主义创始人本意的错误观点，也要发掘马克思主义理论宝库中过去被忽略了的重要理论思想和方法论原则。（65页）

四十年，我们的共和国，没有倦意。她在赶着路，有时伴着红色，有时伴着黑色，有时举着红旗，有时捧着白花。（90页）

鲁迅说：博大的人，应当与天堂之极乐和地狱之苦痛相通；健康的神经，应该与慈母之心和赤子之心相连。请记住：这共和国成立前的最后一个夜晚；请记住：是谁用

血肉之躯把我们多难的民族带出了地狱之苦，送入了幸福大道……（91页）

读者如对诸如此类的论述并不厌倦，希望明年继续订阅本刊。

《读书》一九八九年第十一期

活得尚好

《读书》一九九一年的订数，较上年上升约百分之二十。近年以来，来稿的数量和质量都有不小的提升。凡此之处，都给我们以很大的鼓舞和激励。这个存在近十二年的刊物，居然存活至今并且在无数读者、作者的支持、帮助之下，活得尚好，这是很令人高兴的。

但是，由于我们的实力实在有限，还有许多地方要吁请读者、作者的帮助。在这样的特殊条件下，订数增加，有时未必是好事。因为根据传统，读者的订费归刊物发行系统所得，出版社需每期筹款买纸、付印工、稿酬以后，交出刊物，方能得到本期百分之六十的订费。（过去为百分之七十，后因邮资不能上调，得到指示，改为百分之六十，以为对有关部门的支持。现在邮资已上调，是否可以再奉指示，有所改变，未明。）万一纸价、印工上涨，而定价因读者已付订款未能上涨，则订数越多，损失越大。这类情况，过去已经有过。今年本刊没有上调定价，一切寄希望于纸价平稳、印工照常。时时祷念：这一期望在国家的统筹之下，不致落空，而使几万读者的一些微薄的精神需求，略予满足。然而纵然如此，我们仍不敢增加编辑人数，从而增加开支，至今仍然只有三人支撑局面。这样，就需要同读者、作者商量一些事情：

一、本刊不是纯学术刊物，学术论文，特别是长篇大作，很难发表。来稿要我们提意见，更难办到。

二、本刊篇幅有限，一般文章，以五六千字为限。超过此数，我们或将径作删节，务必请作者原谅。最好是来稿时已把篇幅改定，免得彼此函札往还，反复商讨，影响发表时间。

三、本刊所论，以书为中心。因此，希望来稿对于所评述介绍之书籍、刊物，均在稿末注明本书出版场所及定价，格式请参照已出各期。

四、本刊的校对工作，委托一些热心的朋友业余担任，由于条件限制，人员时有更换。为免排校有误，来稿望尽可能抄清，古文、外文请特别写清。外文尽可能写印刷体。

五、本刊于读者服务工作，有志已久。曾经筹议组织读书俱乐部，为中国的书迷觅一略可驻足的去处，几经尝试，终因未能解决财政问题，均告失败。现在编辑人员由七人减为三人，此类雄心壮志，更无实现之日。目前可做的，一是于每月下旬，在北京举办一次"《读书》服务日"，邀约在京书友一叙。去年曾告中断，现已恢复。二是央请三联书店郑州分销店，帮助读者购买本刊评介的书刊。这一分销店为豫省书友主持，规模虽小，用心颇大，亟盼有关出版社和读者支持（郑州分销店地址：郑州 10707 信箱，邮政编码：450002）。

六、本刊因人力所限，不能采用的投稿，无法全部退稿。来稿如需保存，最好事先自行誊留。

我们目前在做的，是竭力改进刊物的内容，力求使得文章的品位更加醇厚，更加耐读，性格更加突出，更加明朗。这些方面，也有一些打算。只因汲深绠短，生怕说到的未必都能做到，还是先不发表，请读者自行留心就是。至于印刷质量下降，关键在纸质不佳，而提高纸质，关键又在必须事先筹一巨款，储存全年所需的优质纸张——一到这个"款"字，又说到了我们的痛处。我们对此，更不敢有所许诺。不说也罢！

《读书》一九九一年第二期

又到"《读书》服务日"

　　赵一凡先生读钱锺书先生著作入迷，毅然暂停《哈佛读书札记》，写成读《围城》心得。文改两稿，始成。属稿之日，正是电视剧《围城》放映之时。赵作不是为配合电视剧而写，但对深入理解《围城》，甚有助益。慎重起见，原稿曾复印若干，请一些专家提示意见。一位与钱先生极为相熟的学者对我们谈到一些往事，颇有可与赵文互相发明者，述录于下。

　　这位学者说，他曾遇一捷克人，对《围城》极为赞扬，大致说：此书整个气氛是"悲"的，而体现的细节是"谐"的，是个特色。又说，英国小说五十年代的 anti-hero，不料《围城》中早已出现，写了 alienation。这两段话，这位学者认为，抓住了《围城》的要点，比较中肯。

　　这位学者说，Kingsley Amis, *Lucky Jim* 中主角演讲时

忘掉讲稿，胡诌一通云云，几乎是"抄袭"《围城》中之一节，但 Amis 当然没见过《围城》；"暗合"，确是有的。Jim 是个 anti-hero，但结局很 lucky，不像方鸿渐那样倒霉。

满城争说《围城》的风光已为时潮所取代，但《读书》仍愿为这一不朽名著长期效力。

访吕叔湘先生。先生八十余高龄，怕感冒，不出门。见面即谈《读书》，说目前有精力竞读者，唯此刊。谈到舒禾文，颇赞赏。不过说，此类文字，年轻人大概不感兴趣了。我们向他解释，舒禾其人，也才四十出头，文虽老成，人还年轻。至于年轻读者是否爱读，我们也说不清了。

归来翌日，忽得四川江油读者王锡强先生来信："《读书》第十一期一到，偶一翻到舒禾《丹青华鬓两飘萧》，不觉便一气读了下去。读到张大千'玩儿起来真玩儿，干起来真干，什么都讲究好'，高兴得憋不住，便不管三七二十一，把书扔在床上，头不回，门不带，到户外去手舞足蹈一阵，同时怒骂舒禾：'亏你真写得出来！'兴尽回家，再捡起杂志，把自己'钉'在凳子上，读了下去。"

如此读《读书》，没准是位年轻人。当然是年轻人中的少数。

广西公安管理干部学院读者吴海乔先生来信，说读十一期唐湜《怀敬容》后，"心情非常沉重，既惊愕，又困惑不解"。"敬容在中国文坛上，颇有名望，著作甚丰，在我们五六十岁人中，是有一定影响的。四十年代后期，她在香港耕耘，主办《文汇报》文艺副刊，很得读者崇尚。以后我们一道北上，参加建设，一同到华北大学学习，在同一班里，她对我们年轻人帮助不少，我一直在怀念她。"现在忽而知道，"她这一生经历了多少悲剧，尝过了多少爱与生命苦果，也经历了多少年诗的艺术的悲剧，两次喑哑了三十年。到晚年可以振翅飞翔了，却又死于茕茕的孤独的悲剧……"

吴海乔先生说："这些是催人落泪的。为什么这样一位女作家，在晚年会这样凄凉？"希望得到解答。

来信已转唐湜先生。由此可见，读者普遍关注中国有成就的知识分子的运命！

摘抄武汉读者武毅云先生来信："我年将七十，退休金月一百八十元，家用开支排队，《读书》只可按月零购，订阅则力有未及。住家的邮局辖区内有大学二所，学校、机关不算少，但邮局每月只零售《读书》五本，书到的当日下午到次日售完。而到书日期不定，错过就买不到。我从每月十六日起，每天下午要抱着十来公斤重的小孙儿，往返三公里去邮局买《读书》，一天松懈不得。每月总要跑上十多天，天阴下雨，临时有事，甘苦自知。去年十二个月坚持下来，总算成绩不差，只缺一本未买到。"

《读书》同人，每感人少事繁报酬低，不免心烦。读此信，蓦然心平气和了。

十二月二十五日，照例是"《读书》服务日"。又逢圣诞佳节，会场上奏放平克劳斯贝《平安夜》短歌，与会场上几十位客人的尽兴谈论，气氛倒还融洽。"服务日"活动已恢复数月，宗旨仍然不变，即所谓"自动开始，自行结束，乘兴而来，兴尽而归"。是日八九点光景，闻讯的客人陆续入场，彼此有识有不识，或交谈或不交谈，但均欣欣然，怡怡然。清茶一杯，蛋糕若干，近十二点，嘉宾渐散，想必大多另行觅地果腹，靠会场上几小块蛋糕，是当不了午餐的。会后，编辑部同人互询：来了谁？谈些什么？大多茫然，或则人言人殊。所能有者，只是一个感觉：欣欣然，怡怡然，若此而已！

近来，关于读书的活动多起来了，这是很可高兴的。

这类活动，大多井然有序，宗旨明白。不若《读书》服务日"，总是一个"乱"字。也颇思改进，而终不可得。

莫非这正反映了《读书》的一种性格——无序。你看，要问每期《读书》究竟分几栏，每栏的名称、要旨在哪里，组稿计划是什么，某人的文字为什么是头条，某人又何以排在其后……大概从主编到编辑，不少也是茫然。只觉得自己在为文化建设尽力而已。

因"《读书》服务日"活动之无序，编辑室内部谈到某些文章之写作意图。这是从第十一期《话说赵姨娘》说起的，因为颇有读者想从索隐角度了解本文。我们诸人研讨良久，终未能达此境界。为难之际，读到上海沪东工人文化宫范浦先生来信评《赵姨娘》一文，他说，不能凭贾环"人物委琐，举止荒疏"，就根据"儿子较多体现母亲的遗传基因"的逻辑，推断赵姨娘相貌之猥琐。说不定，赵姨娘"颇有姿色"，而"有着明显贬赵姨娘倾向的《红楼梦》才不去描写她的外貌"。此论不从索隐着眼，而着意讨论对一个文学角色的理解，不论所见对否，似较合我们发表时的原初想法。因特绍介，以供参阅。

写到此，忽又想起刚读到的江苏海安县南屏葛桥中学徐健先生来信:"教师的穷,似不必由我来说。凭着胡子的多少去领薪水,每天一顿肉加一包烟的话,不吃父母,就不必谈全毛西装和攒钱娶老婆了。然而停了一年之后,还是订了一九九一年的《读书》。读《读书》有多少收获,长了几寸见识,我说不出——何况不懂的还很多。然而酒肉之后,人总喜欢喝杯茶。《读书》之于我,便为茶。"

喝茶,倒是不必太讲究"有序"的。

《读书》一九九一年第三期

无序与有序

上月《编辑室日志》，提到《读书》的一个无可奈何的"特色"：无序。其实，杂志诚然可有"杂"而无序的一面，而作为一项事业，又应有"有序"的另一面。四川德阳东方电机厂王作进先生来信，加强了我们这个认识。

王先生信上说："在十二期末尾读到读者购书不易之苦恼。岂止一位，我等皆然。为购三联版《美国山川风物四记》等书，几次托在京同事找寻，不得如愿。今见有郑州分销店可托，不禁喜出望外，即打电话0371-332127。尽管回话此书售缺，但一位张姓工作人员十分客气地表示歉意后，要下了我的地址，表示以后一定要寄书目订单来。我忙不迭地谢谢，他却说'还得谢谢您！'所有这些，犹如寒冬里的暖流。"

感谢郑州分销店我们未曾谋面的张先生，您的有条理的工作大大地弥补了我们的不足。

更有一件事提醒我们不可事事"无序"，这便是去年第十一期吕叔湘先生的《剪不断，理还乱》一文，及其反响。

一二个月来，关于此文的来信不少，有不少是批评《读书》自己就是"剪不断，理还乱"，指出杂志上错字、病句连篇，证据凿凿。关于错字的来信，是每月来信中较多的，其次则是批评印刷质量下降。《读书》之错字，确已到了"理还乱"的地步。

武汉大学图书情报学院首宪云先生来信说，读了吕先生的文章，"觉得是一把火，把我的脸烧得好烫；也像一根针，刺得我浑身发痛。一字一句直似冲我而来——也许是'做贼心虚'吧"。"说句心里话，吕老先生批评的是。"

这也是我们在编发吕文时的心情。

因受到批评而对吕叔湘先生表示谢忱的还有一位北京读者黄集伟先生。吕文中批评了"一本档次不低的刊物开卷第一面上"的一些病句，黄先生说："我愿意告诉吕先生，那篇文章就是我写的，那些被吕先生客客气气归纳为'不管妥帖与否，胡乱堆砌'的病句，也一并都是我为汉字汉文那理不清的糊涂账所作的'奉献'。我感到非常荣幸的是，吕先生竟是除去我中学时代国文教师外认真指出我写字作文好堆砌毛病唯一的人。这一次我一点儿不悚然。这一次我开始明白'空谷足音'的另一层含义和它会给人以怎样的滋养。"

《读书》有幸，常常能发表一些前辈的文字，而受到读者的欢迎。甘肃读者周普生先生来信说，"当许多青年人因此或因受了些挫折，以致竟至于彷徨和消沉的时候，往往很需要德高望重的老者，在肩上轻拍一下，说一声'没事儿'，或予开导，或予劝解"。山西读者李会先生说，他接到《读书》去年第十一期，"一眼看到了冯友兰先生的名字，心里一闪亮光。冯先生《余生札记》未及展读，不出几天，竟突然看到了他的死讯。一种什么心情驱使，我急切地拿过《读书》，翻出他的文章，想静心听听他留下来的一席最后的话。在书页末端空白处，我记着一时的心绪：'一九九〇年，十一月，二十六日，一代哲人冯友兰逝世。某大报消息，措辞谨慎，冠以"著名哲学家"。然衔名再高，人既已去，皆成空旷。所惜者，三松堂中，余生札记，悠忽之间，始有开篇，竟无续乎！'"

编辑部同人这个月（一九九一年一月）太忙，没有举行例行的"服务日"活动，但也办了一件并非没意义的事情：为漫画界的前辈丁聪老人祝寿，向我们这个编辑大集体的七十八岁高寿的家长致意。一位美国批评家谈到《纽约客》杂志时说过："欣赏《纽约客》杂志里的文章不能算聪明，但如能真正体会《纽约客》里所画卡通的意义，才是真正聪明过人的。"《纽约客》不是我们的范本，我们也判定不了这句话的可靠性。但所说关于杂志中文与画的关系，却是我们竭力追求的。准此，我们理出一些中国的真正聪明过人的读者的来信，送给老丁留念。

《读书》一九九一年第四期

何妨轻风漫语

广西南宁冯生发先生来信，希望《读书》杂志"多表扬好书，多批评坏书"，"发挥新中国书评刊物的应有作用"。冯先生用意极好，对本刊期望极高，实在感谢。但是，对《读书》的性质，怕有少许不完全理解之处。

表扬好书，批评坏书，无疑是我们应当做的工作。十多年以来，也曾为此努力。但是，一则《读书》并非纯粹的书评刊物，它无力对中国如此汪洋无际的书市（年出新书七万多种！）进行全面、完整的考察，从中严密地判别好坏，进行实事求是的评论。它只是少许读书人，就自己眼下所能见到之极少数书刊，略述感怀，稍抒情趣。它大多不是全盘讨论眼下这本书，而只诉说自己在读书一刹那的所思所念所感所闻。这里所述论的，所谓可读、可取的，往往只是指某一点、某一面而言，并非评论全书。万一有所批评，也决不认为某书是市下最不可取之书，只是反映某些读书人的一种看法。

中国无疑需要用正确的立场、观点进行的书评。本刊于此，有志久矣。总因人力、物力种种关系无法办到。现在许多单位已办了专门的书评刊物，在读书界发挥作用甚大，因特推荐，敬希注意:《中国出版》(中国出版工作者协会编),《中国图书评论》(辽宁人民出版社出版),《博览群书》(光明日报社出版)……除此之外，上海的《文汇读书周报》,《解放日报》《新民晚报》的有关副刊等等，办得极其灵活可读，是书迷不可不读的。

这么说，并不是说本刊对发表之言论不负责，而只是交代一些想法，以便有所沟通。

冯先生的来信，又让我们想起《读书》创刊未久的一段故事:一位很可敬的老太太，来到编辑部要求退订，因为发现刊物中没有高考辅导材料，无法帮助子女升上大学。对此，我们实在歉疚万分。由此出发，我们为向读者负责，时常要为自己的刊物做点反宣传。经过一些说明，有些读者比较了解我们的刊物了，如下面这些来信都是近一二月内收到的:

广西合浦高志橙先生："我是一个高中毕业生，我喜欢你们那里几位博学长者的'神聊'。他们满腹珠玑，妙趣横生，听他们谈论，真是人生一大快事！"

四川万县赵学义先生："《读书》已少前几年凌厉浮躁之气，但更令人耐读耐思。作为一个年轻人，觉得不少老先生的文笔实在让人叫绝，写起来自自然然，毫不逾矩。当然，我还想读些年轻作者写的东西，如有一位先生的《一瞥》。这位先生不知现在目光瞥向何处了。"

上海外语学院孙农先生："'利万物'，'不争'，'处众人之所恶'，是水的三大特性。水有这三大特性，所以能近于道。你们所从事的，我以为，正是一件合于道的工作。"

山东临沂胡冰先生："你们的刊物，漂亮的文章却与差的纸张、坏的印刷不可分割地连在一起，这种景况使人愕然。但沉下来一想，却觉得理当如此，必须如此。好在《读书》的读者多是安贫乐道之辈，读妙文，捧劣纸，也许正是得其所哉！"

西南民族学院段吉福先生："我在四年前在北戴河邂逅《读书》……北戴河盛夏的风光是美丽的，可是，比起《读书》来，我更赏爱《读书》那轻风漫语、任意而谈、洒脱不羁的风格。几年以来，闲来随意翻阅，颇有一种自在意满的喜悦。当然，几年来不乏买《读书》还是买鸡鸭的悲叹与争辩，我总是购求不辍。个中滋味，难以一一道出，只得留下自己来咀嚼了。"

上面所摘来信，作者多是年轻人，他们的看法，也许可以略略说明我们的宗旨。办刊物，总是希望有人读。明慧的读者会说，你说了半天，还不是希望大家注意你这刊物。这话也对也不对。正确地说，无非是希望识者注意，不识者不要上当，如斯而已！

《读书》一九九一年第五期

三人行：王蒙、张中行、金克木

　　王蒙先生为文，常不离文则而又具新见——这新见，既使读者拍掌叫好，也往往勾起读者与之商榷的兴趣。王作《欲读书结》专栏在本刊开办年余，在这同一个刊物上，就被商榷过好几次。最著者为旅澳大利亚学者桑晔关于《再话语词》的意见（第二期）和张中行先生对《锦瑟》解释的不同看法（第四期）。这两篇商榷文章一发表，读者来信不少，或者赞成王见，或者同意桑说，或者奉行张论，但不论如何，众口一词，均赞佩此种商榷方式。来信甚多，未能具引，云南宣威师范学校晏廷俊先生论王、张关于《锦瑟》的商榷较详，摘录如下：

　　"近读《读书》，王蒙、张中行两先生热热闹闹谈李商隐的《锦瑟》诗。王蒙以五层次统一说解《锦瑟》，阐述新颖，大开眼界；张中行以读书不求甚解谈《锦瑟》，洒脱超逸，大饱眼福。王解《锦瑟》，就像学者做学问，严肃而勤勉；张谈《锦瑟》，犹如农夫种庄稼，辛苦又自在。王用儒家'究天人之际，通古今之变，成一家之言'的学术传统解《锦瑟》；张用道家'好读书，不求甚解；每有会意，便欣然忘食'的思维方式谈《锦瑟》。两人所谈，相得益彰。细细品味，张文深受王文启发而成。王文说：我们或许可以埋怨读者的'好读书不求甚解'。深受这话启发，才有张先生的'由李商隐的《锦瑟》诗说到读书不求甚解'一文。张针对作家王蒙兼讲《锦瑟》，认为王蒙'讲《锦瑟》诗，就成为反串。可是串得不坏'。我看，张先生的《锦瑟》一文，是对王蒙谈到好读书不求甚解未能充分展开的展开。张先生讲王蒙由作家兼解《锦瑟》是一种反串，难道张先生由王蒙所讲未充分展开再由张先生来全面展开不是反串的反串吗？借用张先生谈王蒙的话来说张先生：'讲《锦瑟》诗，就成为反串。可是串得不坏。'"

江苏如皋读者刘兴民认为，从王蒙《再话语词》一文来看，作家应有"学者气"而未必都能"学者化"，因为作家如果彻头彻尾"化"成了学者，则不成其为作家了。因是之故，王蒙以作家谈语词，在学理上为行家所补充，所修正，所解释，是完全必要的。

商榷的论题可有各种，方式更加多样。这里提供的这种商榷形式，我们相信能为本刊多数读者所首肯。

王蒙先生而外，本刊这几年请张中行先生写了不少文章。因此，也就引起了读者的商榷。一位地质学家非一先生来信，很爽直地谈了对张文的看法：

"中行先生的文章写得妙极，可是我怕读。此话怎讲，思之再四，恐怕还是中行先生说得好，大抵是'冷眼'和'热眼'的分别。

"照我看，中行先生的文章是'冷眼'写的。这多半与先生走过的先文学，而哲学，而佛学，而文章之学的路子不无关系。我用热眼去看，起初确像大热天冲个冷水澡，好不惬意。久之，每次冷热相遇，都使我一激灵，未免有些怕。然而却奈不过'冷'的诱惑，依然一篇一篇地读。跟着《读书》，找来了《负暄琐话》《负暄续话》，甚至爱屋及乌，读起了《文言常识》、《作文杂谈》和《文言文选读》。

"要说中行先生文章妙在何处，我也说不上。冷眼，或许是妙所由生，不过那是指理智，不是指'理'。我感觉，先生对'理'是悲观的；每一及'理'，总立即打住，调转话头而言他。在中行先生看来，'理'是不可言说的。这不啻是说周旋于'理'是无解的。先生是'无明尽'了。对'理'的这种理智，着实令人周身寒彻，我辈岂可再期期于'理'哉！

"不过，今年第三期《读书》，中行先生似有变'热'之势。倘真'热'起来，我也就跟先生"拜拜"了，因为那是不冷不热——温的。倒是祖光先生的灼人来得舒服些。"

这种商榷，很尖锐，但也很亲切。为文而使读者感到"一激灵"，"像大热天冲个冷水澡，好不惬意"，评价不可谓不高；"倘真'热'起来，我也就跟先生'拜拜'了"，态度不可谓不绝。想必作者读后，也会有"一激灵"的感觉。这是又一种商榷方式，想必也是本刊读者乐于见到的。

也还有第三种商榷方式，这回应在本刊另一位老作家、老学者金克木先生的文章上。

金先生的专栏写得最久，读者反响也最多。去年第四期，金文《日本是怎样现代化的》发表后，我国旅日学者陈卫平先生来信说：金文中指出的《谁最了解日本》（台湾许介鳞教授著）中的错漏，原作（日文版）并无问题，台湾的中译本和照搬台湾版的大陆本却都错了。接着，陈先生说：

"若从一九八〇年赖肖尔的《日本人》一书译出算起，关于日本文化和当代社会研究的译书事业，也已有了十年历史。十年来，我们的日本研究特别是上述两方面究竟有多少切实的进展，属于自己的方法论、概念和独立分析建立起来多少？日本出版的《外国人的日本观总解说》从《菊花与刀》开始，到目前最流行的《日本权力构造之谜》（荷兰人作）为止，共收书一百七十种，内苏联人二种，埃及人一种，唯独没有我国学者的名字。似乎也给了我们一个来自外部世界的回答。

"另外，对于外国人的日本研究（主要是当代研究）成果的介绍到了今天，是否已有个统筹规划、提高质量的问题。可以指明两点：第一，对译出且影响较大的《日本人》《菊花与刀》等书，应当组织力量进行评析，至少应当介绍一下国外的不同看法。国内学术界自觉不自觉存在一种循赖肖尔—本迪尼克思路（或称之为"赖肖尔效应"）看待，分析日本社会乃至现代化成功、文化特征的倾向。第二，对外国的日本研究（或说日本学）的历史、主要著作能否尽早有个概貌性的介绍，或干脆先引进前述《总体论》，使国内研究者先有个总体了解，也使极个别有条件接触到最新外文资料的部门（或个人）不再那么神气。"

这里所说，其实并非商榷，只是补充。但是申论日本研究之种种，或为金文所未及，或与金文稍有不同看法。这都无碍。要在文章有人回应，而且远在海外。

也许还可说说近些时候海外作者、读者对本刊的回应种种。篇幅有限，只能打住，留待下次。这里想说的，只是一句话：读者欢迎友好的商榷，希望它能无窒碍地开展起来。

《读书》一九九一年第七期

撑一叶扁舟

　　山东师范大学读者薛方先生，抄录了一段上海的美学家蒋孔阳先生的话给我们，认为可以同本刊的一些言论相证明。蒋先生说：

　　"坐在门前，看着庭前的阳光和绿草，感到自己体力衰歇，不胜感叹。我们常说，人定胜天，人要征服自然，这固然是对的。但到头来，是否还是天定胜人，自然征服人？你看秦皇汉武，当时多么威风，为了自己的丰碑，草菅人命，弄得民不聊生，可是他们能够胜过他们墓前的阳光和绿草吗？我们人，应当积极向上，奋发有为，报效国家，可是我们不能为了'胜利'，逆天而行！我是一个书生，百无一用。唯一的用处是读书。读书的目的，是要增长知识，明辨是非，活跃思想，探索真理，提高人的价值。但人的价值，不在于战胜他人夺取个人的桂冠，建立自己的体系，而在于把自己提高到宇宙社会中来看，让人认识到天地之大，人生之广阔，真理不是一个人独占或包办得了的。我们应像庭前的阳光和绿草一样，多作奉献，把生命和美奉献给人间。"

这段话发表在一九八九年第六期《收获》。人们有时埋怨可读之书刊不多，其实，仔细扒抉，还是常见十分精辟的议论。蒋先生此语，可为一例。

高兴的是，奉行蒋先生这种读书观的，不在少数。我们每月所见、所闻、所读（读各地来信、来稿），许多是这种读书观的表现。

山东阳谷县一位中学教师任舟人先生写来《阳谷读书札记》，说是"羡慕别人读书'哈佛''巴黎''莫斯科'"，"不量寒微，仰攀高第"，故有斯作。阳谷县虽然不大，却真呈现了现代中国文化景观的一个缩影：

"沿街走走，有几个书摊横陈，那里面从小学课本教参到女子防身术，到相面到气功到流行歌曲到岑凯伦、雪米莉，以及艳闻秘事大曝光，花花绿绿，惹人眼目。到书店转转，也有落满尘土的《明史》以及刚刚进货的《豪华家具》和《美化您的居室》，偶尔散见一两种可以翻翻的什么，一见售书小姐那职业化的脸，便只好作罢。县图书馆有几架子书，占地几十平方米的样子，据说开单位介绍信可办理借阅手续，问什么时间办理，答曰每年一次。围着架子转转，不爱读书的人，找不到想读的书，爱读书的人，也确实找不到想读的书，因为大家都知道一个名词叫'疲软'。"

"倒是阳谷县第一中学的图书馆还可以转转，如果没有中奖之类的大事，也无妨借几本坐下来看看。一中图书馆号称藏书三万余册，我想是连那些习题集都算在内。那些可有可无半新半古的线装书一律是尘土的封面，至于五十年代的《非洲地理》以及竖排版的一些扫盲读物，除了坐在那里等时间，别无选择。然而也有令人想攫为己有的一些书，像成套的《太平广记》，沉甸甸的《玉台新咏》，还有在大学里也很难借到的《草叶集》，再仔细找找，还有《毛泽东论文学和艺术》，还有一九四九年上海文通书局第一版的《查拉斯图拉如是说》，系高寒译述，封面及扉页有尼采像，皆宽额浓须，传神之致……想读书的话，就会有书可读的。面包已经有了，其他不必发愁。"

同年出七万种新书的当代中国出版界的盛况比起来，

任舟人先生所描述的读书环境，不算好。但是，那里的知识分子却也感到，"想读书的话，就会有书可读的"。任舟人先生未点明他的读书观，在我们看来，当同蒋孔阳先生有所契合。不然，他当然会满足于读相面、气功、雪米莉之类了！

于是，十分荣幸地，也有一些朋友把读《读书》同奉行这种读书观联结在一起，把它视为这种读书观的表达者之一（自然仅仅是"之一"）。有的朋友为了得到《读书》，甚至说：

"每月贵刊光临敝城已近月末，翘首盼兮，在那么左右的几日如'一周大事'，每日进出书刊门市部腿脚特麻利，与柜头那厮也早心照不宣，直等《读书》为囊中之物方才'拜拜'，不知道那是否也叫'甜蜜的折磨'。有女友当头棒喝，邮订不就完了！我订了一年，每月似乎少了一份意外的惊喜，实应了那句'得到的不珍贵'的话语。另外还须谨防某天邮递员来了情绪，劈面一扔，损了衣装，一溜整洁的《读书》像横面挤进一个'丐帮'人士，看了实不舒心。总之我还是愿与那厮每月索回一言。这也许是为了那'甜蜜的折磨'。也许是为了等老眼昏花再度读《读书》，还

会有那么一点的'苦难记忆'吧！"（浙江绍兴丛阳先生来信）

更意外的，是台湾清华大学历史研究所张习之先生来信：

"海峡两岸刊物之中，我偏爱《读书》。看到一九九一年二月号的《敬告读者》，颇有感触。订数上升百分之二十，真是让人高兴的大好消息。'订数越多，损失越大'虽为此岸之人不易理解，但也清楚感到目前困窘情况下，唯有辛苦支撑了……

"附上台湾邮票若干套，送给你们及担任校对的朋友们，聊表一点感谢之意。"

《读书》的编辑们及做校对的朋友们，现在都保存着若干张海峡对岸的邮票，以为是对自己工作的支持！

近几个月，不少善良的读者来信探询《读书》是否已经停刊或准备停刊，更多的朋友来信、来电祝愿本刊"长寿""保重"。朋友们的好意我们完全领会。但要说明的是，我们迄今没有停刊的打算，当然，另一方面，我们也有万一停刊的思想准备。

没有停刊的打算，是因为我们自信，所做的事是正当的。中国的知识分子，需要通过读书来"增长知识，明辨是非，活跃思想，探索真理，提高人的价值"。本刊十多年来的所作所为，无非也就是这些。遗憾的只是，我们为此做得并不好，例如，就像有的读者指出的，刊物还有些"矫情"（江西宜春刘宜年），有的文章"少了点情，多了点疑"（湖南株洲肖文军），"老气横秋"，"少一点朝气"（河北丰县邢晓君），特别是错字连篇，令人生气（《人民日报》张稚丹等）。

有停刊的思想准备，是因为自知在经济竞争的氛围下，自己求生能力有限，恰如一叶扁舟，虽然在这书海中咿咿呀呀地支撑了十几年，究竟只是一只缺少实力的小木筏，稍一不慎，便易倾覆。说这话是否有点丧气？也不。中国那么多知识分子，既然有恁多人认识到要奉行一种"认识到大地之大，人生之广阔，真理不是一个人独占或包办得了的"读书观，那么，多一个或少一个刊物未必是重要的事。

刊物无非是个载体，要者，是我们为什么读书，如何读书，这是值得我们和读者永远共同学习、探索的。

但是无论如何，到目前为止，我们这里还没有丝毫停刊的迹象。再过两个来月，又要征订明年的刊物了，仍望各位读者多多支持、帮助！

《读书》一九九一年第八期

悲欣交集，抚简识人

　　三四个人编一个刊物，自然不算轻松，但是大伙儿情绪颇高，劲头不低。于是会提出一个问题：所为者何？

　　这类问题，凡是事情做得对的，大抵有一些固定的回答。这回答也一定是对的，只要你做的事业被认为是对的。偏偏我们这几个编辑，有点"只拉车不看路"的毛病。编杂志这工作本身就做得杂乱无章，还要说自己是因为什么宏大的理想而奋斗，不免会使自己面红耳赤。"所为者何"这类问题的答复，还是老实道来为好。

　　就我们的直觉说，喜欢做这么一份工作，首先实在是喜欢自己的作者。喜欢作者，当然是喜欢读他们的稿子，但亦不尽然，还喜欢他们的来信和交谈——信中话中的那一份情愫，那一种情感的交流和共鸣！

　　因公出差，到遥远的地方去走了一趟。归来，首先读到日本的李长声先生的来信和稿件。

约国外的朋友写稿，心中最是不安，原因很简单：稿费太低。一稿辛苦写成，稿费仅折合美金十至二十元，只够得上在外面吃一顿蹩脚的午餐。然而长声先生还为稿子的内容和形式不安，说："天天与文字处理机无言相对，由新鲜而习惯，简直要不会用笔写了，因为是日本的机器，打出的中文往往不合标准，给编辑、校对带来许多麻烦吧！"

澳大利亚的桑晔先生几个月前在本刊写了个《域外读书》的"开篇"，以后事忙，未来稿，害得不少读者苦苦思想。温州市银行王建国先生急得来信询问："这是怎么回事？"因为"对于我们这些无缘'冲'出去，生下来就围在长城里面的人（赵一凡先生阐释《围城》书名时似乎没点到这一点），虽然也没有多大的遗憾，但平时读书时总想领略下'骑在长城上读书'写出来的是什么风光，而桑晔先生的'开篇'又确不同凡响，这正是我心急的缘故"。好了！桑先生来信，一口气寄来几篇稿件，还说："有桩儿事先说下——关于以往暨今后在《读书》的稿酬，不妨替投书贵刊诉苦，说订不起买不到《读书》的人付订费。若有余，不妨供贵刊公用。有限的钱，对我救急救穷都无大补益，且算'道德重整，日行一善'，即今之'学雷锋做好事'吧！"

无独有偶，向台湾清华大学张习之先生约稿，回信说要暂时"藏拙"，不过随信附来一些款项，说："武汉武毅云先生的信，读来让人伤感。……能否麻烦发行部的朋友，为他代订一年？像武先生这样的情况，或许还有，也烦请在余款中支付。"顺便说说，张习之、桑晔先生的款项眼下暂存在编辑部，如何使用，另行报告有关先生。在我们说，尽管稿费低微，还望作者哂纳。比较可行的办法是：委托我们买书，或寄给内陆亲属。这里只是说明几位境外作者对我们的深情，绝无借此募捐之意。

海内的作者，当然受教更多。近二三年，有些外地的中青年作者，写作颇勤，逐渐成为《读书》的重要写作力量。一下子记得起来的，就有：广州的李公明，天津的李文，上海的许纪霖、何平，济南的齐戈，西安的屈长江……由写信而写稿，彼此逐渐引为同好、同志。说实话，由于《读书》篇幅限制，我们对文章不免要求甚苛，而不少作者不但不以为忤，而且力求配合，使我们的编辑工作比较顺利地进行。天津的李文先生最近来信说：

"我一直以为自己是一个典型的东北人（起码要向这个方向努力），豁达得很。因此，请你们对我千万不要客气……你们严格要求，不但能保全我的名声，而且也会使我有提高。说心里话，几年来，我已发表了近三十篇文章，但唯在给贵刊写时最苦，当然也就最乐。这也算'悲欣交集'吧！"

作为一个编辑，读得这样的来信，当然也是"悲欣交集"的。对于这样辛勤写成的文章，我们还硬是要施以刀斧，悲辛自知。但如不删，有时一期就要少登不少文章，信息量不免要减少许多。即使是老作家如金克木老先生的文章，在他本人同意之下，近几期几乎没一篇没有一两千字的压缩和删节。

外地的老年作者，同我们的友谊也是非比寻常的。这里可以说说江苏南通辛丰年先生同我们交往的故事。辛先生的"读乐"大作，在本刊已连续发表了相当长的时间。文章读者面很广，例如北京的哲学家叶秀山先生即为爱读辛文者之一。然而，我们同辛先生其实从未谋面，几年以来，只是书信往返。辛先生精通音乐，编辑部的爱乐者，就趁组稿机会，不断请教。于是每次来信，除了谈稿，还要指点我们听某人从何入手，聆某曲重点何在。我们和中央音乐学院的负责人，曾有意邀请辛先生来京赏乐，因辛先生忙而未来。于是，去南通拜访辛丰年先生，始终是我们日程上待办的一件事。

由于不少同好在外地，而从未谋面，有时亦不免误会。如成都的张放先生，来稿署名"张放叟"，而文字老到熟练，编辑部都以为是一位饱学的老翁。几经交往，方知原是同龄的中年学人。这类误会，可能读者会更多。不少读者来信，认为《读书》发表中青年作者文章太少。其实，不少善文的作者，正是中青年，如樊纲、盛斌谈经济，郭小平论哲学，赵一凡、申慧辉说中外文学，吴岳添、周启超介绍海外文事，刘承军谈拉美新书，葛兆光谈禅，吴方谈"五四"以来学人，陈平原论人生，夏晓虹说清末学风，胡晓明讲诗，徐建融论国画，都是四十上下的文人。

在京的学人，当然一直是我们的主要依靠力量。因为编辑部人力太少，不少在京作者我们往往较少联系，而靠作者自动投寄稿件。本刊所载李文俊先生纪念格林的文章，就是他主动写来，并附信说："G. 格林文自四月三日他逝世后即在酝酿，总算写成，自觉还算有趣与有点意思——外面的论文总把事情看得太一本正经，有时不免歪曲了本来面目。"经过作者的这种点拨，我们少走不少弯路。

说得有点扯开去了。这类事例，以后尽可再说。现在要想作结语的，无非是一句话："同人刊物"看来在中国大陆并不可取，但"同志刊物"却必须实行。《读书》之所以能维持，即在有一批彼此引为同志的朋友。我们之所以觉得《读书》还必须办，还可能办，也是因为存在这么一批朋友。

《读书》一九九一年第九期

辛丰年的妙处

北京大热。编完这期，已是大汗淋漓。所幸者朋友帮忙，还有存稿。溽暑之中，不必每天出去叩头作揖，便能编成。还剩两页空白，循例抄些来信，摘些宏论，以了全功。

湖北《沙市日报》黄道培先生来信说：

"看到《读书》上辛丰年先生关于古典音乐的妙文时，正是痴迷于各种关于 Hi-Fi 的报刊之时。出于困扰着我以及大多数音响爱好者的经济原因（卖掉我所有的家当也买不齐一套世界名牌音响），我正极悲观地认为我的'音响发烧友'之梦恐怕永远只是一个梦。辛先生的文章把我从这种悲观中解救出来，他的文章不仅使我知道了许多古典音乐的知识，而且更重要的是使我认识到应该注重的是音乐本身而不是音响器材的一味高档化。试想，如果音乐接受者水平不高，那么，从十万元一套的音响设备中放出来的古典音乐得到的感受怕不会比从中波收音机中得到的感受更深吧！"

请辛先生写《门外读乐》专栏，就是鉴于在中国"听乐"之不易，无如"读乐"，多少可以解渴止馋。黄先生的议论，说明"读乐"比较适合中国国情，使我们多少得到一些安慰。是的，在中国，书价尽管贵了不少，"读"还是一件比较节约的事情。

但是，"节约"云云，只是微观而言，宏观地看，也许"读"是一种浪费。近年以来，不少读者来信，诉说"'文化'之累"，看来在目前这时候，书中未必会有"黄金屋"。

广州沙河部队工作者苏少峰先生来信：

"平时爱读书和写文章，多少算是跟文化沾上边吧。然好果往往不多，受连累的倒不少。特别于仕途官道更有阻梗。比如这书读得多了，脸皮竟愈来愈薄，有官位不敢争，有红利不敢抢，诸般好处，都让我一一推辞掉了。末了一敲算，亏的还是自己。瞧人家该有的有了，不该有的也有了，不免毒火攻心，悔不该当初糊糊涂涂就上了'文化'这贼船，又恨不能立即破门而出，赤膊上阵，也争它一羹来。"

苏先生当然是位书迷，也绝不会因而丢开书不读。所说种种，反讽而已。然而，也够说明读书人的辛酸了！

写到这里，忽然想起，白天接到生产部门电话，印刷工价上调颇多。今年年初的一种预言：订数越多，亏损越多，是否会成事实？但无论如何，第一，明年刊物会涨价；第二，明年原想改为电脑排版、胶版印刷，把刊物搞得神气一点，这个计划可能要泡汤。

写到最后，终于发现自己在打自己的耳光：你说"读"是一件节约的事情，临了可又预告要涨价！

大概只能这么解释：读书一事，从根本上说，是无法"计其值"的。这也许可以圆得过去。但不论如何，明年，亲爱的读者，咱们都还得更加辛苦点儿！

但是，刊物的印刷质量明年还不能改进，终还是件憾事。九十高龄的吕叔湘先生五月十日来信说：

"收到今年第四期《读书》，看到小丁——应该升格为老丁了——的四幅《文化杂咏》，这是继去年第八期《玩具杂咏》之后的第二组诗画配。反复赏玩，不能放下。想来一而再之后总还有再而三吧，予企望之。略感遗憾的是这

么好的艺术品印在这么粗糙的黄乎乎的纸上。有无可能用
比较光洁的纸印成书中插页，请编者考虑。"

我们什么时候能够完成吕先生的殷切期望呢？

《读书》一九九一年第十期

莫把深奥当深刻

因为有不少来信询问是否停刊的问题，在第八期《编辑室日志》里说了几句闲话。原想由此向读者说明并无停刊的打算，但是话说得多了，又引起不少朋友来信垂询。其实，停刊与否，是"天要下雨，娘要出嫁"的事，由我不得。就我们目前所见，则天未下雨，娘未出嫁，经济可以勉力维持，一切都还正常运作，彼此放心可也！

江西萍乡的欧东兵先生来信向我们述说在这个江南小镇的读书情况。他说，这里的居民尽管要为"一室一厅"、为第二代的抚养而艰苦奋斗，但是"饭总是有的吃的，衣总是有的穿的"。因此，对一部分知识分子说来，"饱暖思深刻"，"一心巴望能深刻地读书并读出点深刻来"。他正是从这点出发，希望《读书》不要停刊的。

中国知识界、文化界的情况并不能令人满意，但是，总还有人饱暖思深刻，却是实情。我们这些小编辑不生产物质，不想訾议"饱、暖"的质量、标准，也不必去作什么纵向、横向比较，但对如何提供"深刻"的精神食粮，却始终是一个念兹在兹的问题。

《读书》杂志并不是专门介绍书刊的刊物，也没能力对书市作宏观考察而作评论、指导，它所追求的，其实只是帮助读者"读出点深刻"来。我们从来不乏稿源，但是，每期发稿之前，几个编辑总还不得不暂停"相夫教子"的日课，栖栖惶惶，四处奔逐，所求者何？无非是想给自己的篇幅里添加几分"深刻"。

因此，看了欧东兵先生的来信，是有会于心了。

当然，"深刻"难求。《读书》不是专业杂志，它不追求专门学术上的深刻。它希冀得到的是知识的涵养，文化的深广，精神的充实，意趣的张扬——用个流行的术语，它只是帮助获得一种"支援意识"而已。中国虽然缺乏"通才教育"，但是不乏通才，他们在从事专业之余，还需要一种文化上的"深刻"，这就是我们这个刊物所希望提供的。

我们生活在中国，任何深刻，离不开中国这个现实。

因此，往往只有贴近现实生活的议论，才能使人觉出这个"深刻"来。对本刊来说，所谓"贴近生活"，并非要去专门议政。我们过去对此认识不足，常有失误。但是，文章总还是要有生活气息，使人觉得作者、编者都活在大家中间，看来才有意思。

我们有时也曾误"深刻"为"深奥"，在后一方面有过一点教训。深奥并非坏事，但是，对于多数读者说来，并不需要。深奥之学术文章，如有十分精彩的，我们还是会发，但望篇幅只占全期百分之一二三，无碍全局。有谓《读书》喜欢深奥晦涩，这是误解。

不论如何，这种深刻，离不开作者、读者、编者之间的深情。作者有不得不要诉诸读者的，读者有迫切等待作者述说的。作为编者，尽可能了解彼此的需求，体会双方的深情，加以"撮合"，才能编出一些可看的东西来。

贴近生活的深刻，避免深奥的深刻，出于至情的深刻——有此三者，我们想，也许可以暂时满足读者的需要了。这，也就是我们一九九二年努力的目标。

今年的最后几个月，我们三几个编辑，已分头去广州、沈阳、上海、安徽各地，觅求"深刻"。所谓北京是人才荟萃之地，的确不错。但是，我们看来，中国其实处处有人才，外地写作人才不少于北京，特别是中青年的新生写作力量。正是这几个月的这种感受，使我们更加有信心把《读书》办下去！

《读书》一九九一年第十一期

柯灵来信

在上海同一些朋友谈读书论文化，深受启发。

上海的朋友们特别忧虑全民族的文化素质问题，认为这是当前极大的忧患。无可讳言，近好些年来，人们的文化素质有所下降。这是"文革"的后遗症。当前的出版滑坡，同这有关。只有人民文化素质的提高，才能解决出版滑坡。

有一位朋友提出，在这种背景之下，文化工作者要考虑自己对子孙后代的责任。我们现在谈起文化遗产中的精华，多么自豪，那么，是不是也要考虑一下：怎样让我们的子孙后代回忆我们这一代文化工作者的时候，可以自豪？

一位老翻译家认为，文化素质降低的一个具体表征是：文化市场上"劣币驱逐良币"。提出这个问题已经有多年，但是"良币"仍然日甚一日地抬不起头来。现在,从事"良币"制作的已被逼到一个仄小的角落。历史在考验每一个文化人:你去制作"劣币",还是制作"良币"?

谈完这番话后,同朋友漫步上海南京路。一座大楼前有几幅红布标语,其中之一赫然写着这样的意思:提高劳动者素质是发展国民经济的关键。看来,上海的确比较敏感,问题该是我们如何去做。

提高全民族文化素质这问题太大,就《读书》来说,只能在自己分内考虑如何去尽力。我们就此请教了不少上海的雅人高士。得到的指点大致有这些:

——多一些谈中国知识分子精神的文章。第九期写张元济,就很耐读,有启发。中国的知识分子多年来有坚持民族气节、坚持优秀文化传统的特点,即使遭到"文革"这样的摧残,也没泯灭。把这些特点揭示出来,可以振奋精神,鼓励人们去创建优秀文化。现在这一代,对于老一代知识分子还是知道得太少。人们往往还是指摘知识分子多,看不到他们的优点长处。

——文章要有个性,千万不要人云亦云。千篇一律的语言,既不能吸引读者,也无法提高文化素质。这么说,不是不要大方向。大家都用一种语言谈大方向，反而把方向模糊了，因为这会使人们厌烦。有个性的文章，容易招致误解。但是，如果放到历史的长河中去考验，很多事情就容易弄清了。这方面，编辑出版家要有点勇气。

——有个性的文章产生于作者的真实的生命体验，而不是文句的玩弄，辞藻的俏丽。《读书》有时似乎多一些俏皮，多一些"把玩"，多一些"名士气"。这些东西，有亦可，但不可多。一多，形成时尚，就会耽误一代人。在"滑坡"的趋势下，有人封笔，有人"把玩"，原亦无可厚非。但是为了民族文化的责任，还得打点精神，鼓起勇气。既写文章，就要追求文章的大气、功力，不要仅仅在小节上下功夫。

——希望多些"老书新评"的文章。就像一位哲学家指出的，书还得读有"读头"的书。很多书从问世到现在，已经几百年上千年，但仍然富有魅力，经久不衰。当人们迷恋于"劣币"之际，必须向人们指出这些优秀文化遗产的"读头"。这些书的优点是历久弥新，因此必须结合当前的情况来写，要"新评"，而不是炒冷饭。当前尽管出现"滑坡"，还是有不少出版社在做有意义的工作。例如，"汉译世界学术名著"就值得推介。至于没有"读头"的书，甚至低俗的书，有人认为不屑一顾，不理可也；也有人以为要加抨击，例如低劣的译品，就要批评。

在上海交友仅三日，所得即已如此。要赶回来发稿，不得不放弃许多原定的打算，没法拜访许多《读书》的新老朋友。过去说过，《读书》自许的特色是"乱"，但不是由此认为不需要一种指导自己工作的信念。上海之行，使我们明确了许多观念，证实了一些想法。看来，要编好杂志，还需要多一些这类旅行。

没去拜访柯灵同志，辞别上海前却意外地收到他的满怀热情的来信。他要我们"切实，不夸饰；静穆，不喧嚣"，要传达"编者、作者、读者间同声相应同气相求的融洽之情"……这也许可以看作上海朋友对我们的期望的集中概括，也是我们在一九九二年里努力追求的目标。

《读书》一九九一年第十二期

不是即是

　　十来年前，我们在前辈带领下学习编杂志，当时脑中所想，归纳起来，只是一个"是"字：什么文章是书评，《读书》要的书评是什么规格、体例，书评以外要登的文章是些什么……总起来说，要向他们学习探索《读书》该是一份怎么样的刊物。

　　当时也真是人才济济。陈翰伯先生领导全国出版事业之余，实际上是《读书》的精神领袖；陈原先生担任主编，亲自看稿、定稿；两陈领袖群伦，而担任具体编辑运作的，居然是从三四十年代起就已活跃文坛的史枚、冯亦代先生。范用、倪子明先生以资深出版家身份，协助张罗周旋。无怪乎一位远在南京的战士王宏振先生最近来信说："我不大看《读书》杂志。前一向突然找到几本一九七九年的《读书》，一口气看完了，很高兴。马上去找近一向的来看，很失望。十年前的那几本，杂得真有味，整个一缸浓浓醇醇的'三联'新窖。现在已没了那个滋味。"安徽固镇县农业区划办公室刘润北先生也来信说，"总觉得贵刊有一种今不如昔的感觉"，因为"少了一些对中国存在问题有深入研究的评论"，"使我们在偏僻的县城也能看到外面的世界，看到中国未来的曙光！"

但是向这些老前辈学习做编辑，逐渐体会到，单从一个"是"字着眼还很不够，因为从两陈到史、冯，到倪、范，甚少标举定义，宣布编辑学的理念，表面看来简直"编无定则"。于是我们觉得，与其从"是"字上着眼，何妨同时观察其之"不是"。我们由是知道，《读书》一贯作风是，不打棍子，不用指示式语言，不用套话，不作奉承……但是，要笼统地交代一句话说"不"怎么，也难。

总之，"是"也罢，"不是"也罢，学习了恁多年，各有不少零星体会，记得不少精彩例子，却难以统一起来，说一说《读书》究竟要如何"是"，如何"不是"。

物换星移，《读书》诸前辈，两位已作古人（陈翰伯、史枚），其余诸位已全部退出第一线。虽然还可请教，却已失去"带着干"之可能。现在之事，主要靠我们这三四个人自己探索、研究。大家除了编《读书》外，总还有一些杂事，时间也不多。但是，编稿之余，还常常说起一些前辈风范，妄想从中探求出一些什么来。

去年底以来，一位退隐"林"（"语词的密林"）下的前辈，忽然有意写作了一批题为"不是……的……"的文章，回忆他在四十年代所编辑的"不是杂志的杂志"，所记述的"不是战争的战争"，所经历的"不是爱情的爱情"……编了这批稿子，发表以后又看了一阵，忽然有悟："不是……的……"，这不是把"是"与"不是"统一起来吗！

这位前辈很谦虚。近年偶有请益，总是说，编《读书》是过去的事了，现在也不想过问了。你们不是经济困难吗，要是真难，何妨停了就是！亲手创建的事业，说停就停，当然只是无可奈何的辛酸之语。但是他的这批文章，倒给我们指出一条途径。《读书》之出路，是否就在这一"不是……的……"之中？今后如能编出一份"不是书评的书评""不是学术的学术""不是文化的文化""不是消闲的消闲"……的刊物，是否更合《读书》旨趣？

所谓"不是……的……"，其本义，似乎只在一点，即不生硬规定任何"套路"。求"是"的用意，是明确套路；

等到套路一成为陈规，要追求的则为"不是"。把"是"与"不是"始终结合起来，掺杂变化，则编辑之道可能庶乎近矣！

这么做，未必能做到今胜于昔。《读书》的过去，有种种主客观条件，不是今天完全做得到的。我们只是力追前贤，努力做去就是！

今年的北京冬天，寒冷来得早，暖气到得晚。深夜编稿，斗室之中，一片凉意。但想到编杂志的种种乐趣，看到读者作者的无数来信，依然深感温暖。董存爵先生因事自南国来信，说"北国想必冬寒料峭，祈珍重"。

是的，要珍重！为了读者，为了作者，为了《读书》！

《读书》一九九二年第一期

冷眼观热门

广州中山大学英语系王宗炎教授一贯爱护《读书》，月前他来信告知，将为《读书》撰写一篇书评，讨论许国璋教授的语言学著作。本期发稿前夕，收到王教授来稿，题目:《语言与思维和文化的双套结》。编辑部读稿之后，喜不自胜，自然立即刊用。

《读书》虽然不是专业学术刊物，但毕竟常要接触学术问题。如何把一些学术问题讲得深入浅出，使别一专业的学人也能了解并感兴趣，是一难事。写得过于专深，只能在专业杂志上刊登；过于浅显，必不能使有学养的知识者感到满足。王教授此稿，正如他所评介的许著，"既不枯燥，又有实际价值"，同人们自然高兴。

但是，更令人高兴的是，王文末后几段，讨论到了我们这个刊物谈学术问题时的一个主要要求，就是离开某一学科，提出或归纳出一些文化、学术、知识上的共同问题。王文明确指出，对于"显学"，要"研究，但是不迷信"。"宗教往往具有统治者的权威，科学只有理性的权威。"因而，他呼吁："但愿有更多人支持科学，但愿理性的权威在学术界、思想界更广泛地发挥。"在我们看来，虽只寥寥数语，却是一段画龙点睛之作，使王文的价值远远超出了语言学的范围。因之，我们斗胆将王文的题目改为"发挥理性的权威——以一本语言学著作为例"，用以吸引语言学界之外更多人的注意。

王文的价值高下，所论是与不是，自有比我们专深的人会来评介。我们擅改题目，这种编辑方法是否适当，亦可讨论。但这里介绍我们的认识以及编辑经过，无非是想透过这篇稿子，谈谈我们对本刊学术性的认识。

事实上，在近几期来，本刊有意识地增加了一些浅谈学术问题的文章。我们把这类文章称为"学术谈片"。本期约请了樊纲、陆建德、何光沪、舒芜、董乐山、黄子平、朱健七位先生撰写。地理关系，七位之中，五位属中国社会科学院，以后当力求作者面再宽一点。

我们期望这一栏的文章，以及某些学术著作的论评，

都有这样的特色:

第一,如前面谈王文编辑经过时说过的,希望通过对某一学科某一专业问题的论述,使我们在思想和方法层面上有所憬悟,有所共鸣。只有这样,文章才能盎然有趣,生动活泼。希望尽量勿发流行长文。此类文章,可能立论正确,主题严肃,观点鲜明,煞是可敬。只是所述内容,或者似曾相识,或者缺少论证,只以名人言论作结,以之断定一切,读后每有怅然之感。本刊也难以避免发表此类文章,只是力求减少就是。

第二,发表这些文章的目的是促进中国的现代化建设,这是毫无疑义的,但是希望不要因而跟着社会上的"热点"转。现在中国大陆社会上什么都希望"热",什么都会出现"热",引得不少出版家两眼只看"热点",希望自己成为全社会的大热门中心中的一个小配角。我们力薄能鲜,怕在眼花缭乱目迷五色的热门中找不到门径,只能做点"小本经营",组写一些冷门文章。如果要谈热点,大概也只是"冷眼观热门",没准儿给大伙的热劲泼上几滴冷水。好在以中国社会之大,有热必有冷,有盛亦有衰,这么一个小小的刊物,亦不必过于担心没人来看,最多是成不了畅销书而已。当然，这么说，并不否定一切热点，也不自命清高。《读书》杂志的一切言论，无不以促进中国现代化为宗旨，这是可以看得清清楚楚的。所以"热"不起来，只是因为过热未必有助于现代化，次则，只有三个人的编辑部，如果不小心涉足于那个沸烫滚热的"社会焦点"之中，非得烟消灰灭不可。

不论如何，还是王宗炎教授的话对：对于"显学"，要"研究，但是不迷信"。过热，就有可能成为迷信。《读书》的读者诸君成千上万，学历各异，认识各异，但无论如何，迷信的当都是决不肯上的——我们想。

《读书》一九九二年第四期

我们的栏目

　　编辑部开会，谈一九九二年工作，设想在这一年里办好如下八个栏目，并悬拟了一些要求。现特发表，切望支持。

　　一、书评：新书或旧籍，著作或译述，其中之论述足以为今日读书界取法和注意者，均欢迎评介。

　　评介时，不必面面俱到，逐章逐节介绍内容，而只需评述其中值得注意的某章某节某段。亦可因某书之论述，引发出作者自己的感喟和认识，所谓"言在书内，意在书外"。形式可多变，自具一格，不必遵循某种程式。文长至多六千字，再长，则请允许编辑部删削。

　　二、谈片：因读书而对某一学术、文化问题有所感触和体认，而认为此种感触有益于别一行的学人，因此发而为文，是为"谈片"。所谈之学术文化问题，不必过泛过大，力求具体切实。亦忌过于专深，成为专业的学术探讨。总以谈本业而能使隔行的知识者有兴趣为上。主题之选择，如能使读者读后对现实中问题、困境的解决，生活中情趣、意境之张扬有所裨益，更佳。此栏与书评之区别，在于后者明确涉及某书，而本栏则否，其余大抵相仿。文长在六千字以内，切勿过于汪洋。

三、一句话书评：旨趣大抵同上，只不过文章之起意，在于某书某文之一句话或一层意思，由此张扬生发，成为一篇千把二千字之短论。文贵单刀直入，切勿过于迂回。所取之一句话，尽可能是警句妙语，足以引起话头，道出感慨。

四、纪行：学人出行日众，学术交流日繁。希望通过纪行形式，叙述此种交往之收获和体会。切勿写成单纯的旅行记或散文，徒记山水之美，兴会之高，也勿只是平铺直叙地介绍会议发言，各种交谈。而是以学术为经，使行脚与学术互相穿插，使人由以领会学人之"行万里路"，并非单纯的旅游观光。

五、通信：用互相通信的形式，进行学术文化之探讨、交流和商榷。所以采取书信形式，为的是使此种交流亲切而富人情味，不致变商榷为批判，化讨论为攻讦。海内外学人间的交流探讨，尤宜此种形式。如能同时刊出两种不同观点之通信，更佳。

六、文讯：以五六百字之短讯，揭示海内外某一项学术文化活动之内容。活动内容可以广泛，无论会议、论文、演讲、书刊，甚至在构制中之手稿，均可包括。要在所介绍者，必须给人以启示，予人以新的观念、理路，而不仅仅是大事记。一项活动只其中某项、某事可注意者，则只报道此项、此点，不必事事作周到的描述。戒忌广告式的文字，尽量不为某一活动作单纯的"公关"。本栏拟与境外有关报刊合作，以期成为大陆报道境外华人文讯之较集中场所。

七、献疑：时下书中错误太多，为省篇幅，本刊尽量不发校勘式的订正，而着重在指出某类值得注意的倾向或重大的错误和疑问。市井之间不值一顾的低劣出版物，不浪费篇幅多加评说，只把重点放在有影响的书刊上。也因此，为文望注意分寸。文章以短为佳。

八、海外书讯：海外情况，近几年来颇有隔膜，有分量的学术论著介绍尤少。大陆学人读西书困难甚多（书不易得），撰写介绍不易，因此刊出甚少。而为中国学术的长远发展计，此类图书又十分急需。目前特别希望留学生多写此类介绍。可以介绍一书，可以一人、一事。最好从中国立场给以评价和讨论，如无可能，亦可不评。介绍宜客观，切忌无原则捧场和故意贬抑。篇幅亦望勿过六千字。

《读书》一九九二年第五期

谓予不信，请看历史

编刊物出书，现在都要讲究研究趋势。趋势看对了，趁早下手，在趋势刚刚露头、人家刚刚觉察之际，这里文章、图书已经源源涌出，一遇一合，于是大有成焉！趋势看不对，文章、图书发表得过早过晚，钱自然赚不到，说不好还有逆潮流而动之嫌。因此，《读书》编辑部开会，自然也成了研究趋势的会议。

海外有趋势专家，这里一切才起步，谈不上这些。但是，看对趋势的确实大有人在。这里那里股市也才开始，市上谈股票买卖的书已有二十来种。《读书》是谈过股份制的，请樊纲先生写的那篇，连一些老先生看了也叫好。但是，靠这文章似乎搞不了股票——至少，我们至今也没听说樊纲先生已经发了股票财。何况我们总是胆小如鼠，这方面那方面的文章都发一些，成不了什么气候，遑论推潮促流。股份制乃至买卖股票这潮流，我们算是赶不上了。

但是不论你多自鸣清高，多自悲怀才不遇，只要还吃这行出版的饭，"趋势"还得研究。问题是这趋势往哪里去找？

所谓趋势，无非是指社会在一个时期里发展的势头。具体一点，到我们这一行，主要是指读者爱好、关切的方面。那么读者的关切又从何而来？照我们看来，许多读者关切的东西，往往是社会上提供得不多的东西，缺乏的东西，而不是过剩的东西，过于富余的东西。就文化知识界说，目前缺乏的是什么呢？是扎实的根基，是透辟的研究，是货真价实的学问。这些东西，固然永远需要，但现在以此为趋势，也并非说空话。而是因为：我们眼下太缺少这些。在文化上，我们需要创新，需要开拓，但是更需要它们赖以筑造的根基。我们现在书太多，装潢太好，版本太繁——固然都还及不上发达国家，但是好书太少，真知不多，真正的建树还不多，却是事实。

一个正常发展的社会，一定会不断纠正自己发展中的弊端、偏向。一个开放的社会，尤其会纠正得快，纠正得好。我们相信我们这个社会正在日益朝着这个方向发展，因此，文化上的许多弊端都会逐渐被纠正，被革除。果若如此，则这种纠正和革除的过程，就是一种趋势，一种走向。迎合了这种趋势的需要，文化出版工作就可以使自己得益，也为别人造福。

这样，就请允许我们《读书》杂志投一个小小的机：把命运押在社会将会尽力培植、维护自己的文化根基这一宝上。无论如何，中国人总不会丢掉自己几千年优秀的文化传统。"文革"革不掉，"评法批儒"批不掉，其他风头也刮不掉。这种扎实为学、认真从业（文化一业）的精神，社会上迟早会发扬，迟早会大行其道，迟早会成为主潮巨流。

谓予不信，请看历史。这一期《读书》集中谈了一大批现代的学问家。其中不少已成古人，但是他们业绩均在，不论中间有多少周折，最后还是为社会所承认，还是不能为人们所抹杀。写过去的事，不是要我们不往前看，而只是勉励我们这些士子，认真记住他们的业绩。前人辛苦耕耘、认真构制的功业为我们这些后人记住，那么今人对这种精神的发扬光大也当然会为以后的后人记住，会为社会承认乃至成为大潮和大趋势——只要这社会是健全的。

《读书》一九九二年第六期

黄仁宇的书

打开《读书》第三期的目录,《研究中国历史到威尼斯?》,好熟悉的文字,我几乎叫出声来。翻阅正文,果然是还在美国读过的一篇文章。当时我去休斯敦大学进修,偶然读到此文。我为作者清醒的理性力所震惊、折服,于是大悟。如果我说正是这些文字坚定了回国的信心,可能没有人相信。可事实上正是如此。顺便提一句,文中有一些话其实可以不删。还有贵刊能否撰文介绍一下黄仁宇先生?谢谢!

广州对外贸易学院刘贵鸿

黄先生时常惠寄他的新作,我们十分感激。篇幅所限,刊出者只及他寄来的一半不到。黄先生的新著《赫逊河畔谈中国历史》以极生动的文笔叙述中国古代历史,已由三联书店出版（4.50元），本刊正组织评介。另一新作《二十一世纪与资本主义》在台湾出版后，曾被评为一九九一年台湾十大好书之一，本刊已约几位大陆学者研读。关于黄仁宇先生的介绍，亦已约撰，如暂时不可得，或将转载境外报刊的有关文章。

作为农民的儿子，我的动脉里却似乎给灌注了"游牧民族"的血液。在各地求学辗转千里，现在我成了那种寄身沪上的"延期偿付人"。不管怎样，能从《读书》读到几篇好文章始终是我极大的满足。"好文章"也者，大概只能是合自己口味的那种吧。《读书》读得多了，那些经常"见面"的作者似乎也成了老师、朋友。比如，朱健先生的文章让我读到了在读《红楼梦》时没能读到的意境，每次都希望他下次再来。自从《残阳如血》以后，我就一再在盼桑晔先生再出妙文。这不，终于又盼来一篇《国人梦已醒？》。但每次读这些文章之前，我首先搜索的是陈四益文、丁聪画的《新百喻》。

上海肇嘉浜路田无禽

陈四益文、丁聪画的《绘图新百喻》已由湖南文艺出版社出版,有严文井、王朝闻、方成序,誉为"奇书",欲购请与湖南长沙该社联系。

你们创办的《读书》杂志,深受广大读者的欢迎,一本仅二元二角,实在是太便宜了。建议它的定价适当提高,对于爱书的人来说,无论多贵的书,都不在乎。

武汉同济医科大学医疗系

90级一大班全体同学

我是一个刚刚参加工作的年轻人,也跟许多人一样喜欢足球,喜欢时尚的东西;热心军事,热心经济,像自己能掌握世界一样热心政治。而性格的另一面,我静下心来看看书,看看艺术,看看深思的人们。就是这样,我是一个普普通通的读者。我有一个商业性的问题:每期定价二元二角,厉害。市上一元多的杂志,还有彩色插页。我想,这本不愿跟着潮流走的杂志,价格不能不高些。但是能不能拉点广告?写到这儿，我忽又觉得自己太可笑！对我来说，也只是书才是需要的，除了书，别的什么都是可笑的。那么，只有一个出路：等我有了大钱，第一要做的就是捐款给文化事业。

无锡梁溪路朱吉轶

《读书》目前可以做到"将够本"。明年如果不改变装帧形式，预计没有大幅度通货膨胀，或将不再多涨。要把这刊物办到像模像样，焕然一新，我们也只寄托在一个愿望上：

我们的老读者都能"有了大钱"！

《读书》一九九二年第七期

纠谬摘误

　　书刊质量下降，引起读者的关注。不说文化，就说商业，质量下降也是对"上帝"的大不敬。近来收到这类来稿甚多，选取四篇，编为"读书献疑"四则，列于卷首，以示重视。

　　这四则"献疑"所提供的信息，不少是一种学术探讨，另一些则属于"笑话"之列，读后可发一噱。但是，就书刊质量下降的全局看，这些笑话怕并不属于最令人担心的。不是说这类"笑话"还可举出许多，也不是说它们说明创作笑话的朋友们水平的不足，最令人担心的事在于：从深层上看，我们对文化采取了何等粗率的态度！

　　发达的社会要求精致的文化。我们希冀社会发达，可是另一方面却在以十分粗率轻慢的态度不断制造种种文化的粗制品、赝作品、劣等品应世，这是完全违反社会发展的要求的。用粗率的态度对待文化，近几十年来，不乏其例。我们用这种办法使得多少创造的生机受到阻遏，以致使不少人认为，"文化"一事，并不难办，完全不需要深入精心的研究，穷年累月的思考。一场"文化大革命"，使得中国的文化遭到何等的浩大损失！

《读书》的任务不在纠谬摘误。我们只想在这文化的园地中选取少许精品，同自己的读者一起赏析。以中国文化园地之广大，任你怎么悲叹粗制品日多，却仍会有力作可供我们探讨研习。这是令人告慰的。但是，亲爱的读者，我想你也何尝没看到：我们往往不得不用不少篇幅去怀念故人，话说洋人，讲他们的业绩成就——这是为什么呢？人们对此有种种议论，我们的答复只是：不得不！

《读书》一九九二年第八期

还得"拿来"

"拿来主义"提了几十年了，到现在为止，也不知道究竟"拿来"了多少，"拿来"了什么，只是从读书界的角度看，似乎还没拿够——尽管有些人说已经拿来得太多了。

既然实行开放政策，"拿来"当然为今后不可避免的事情。但是，双手拥护"拿来"的我辈，也不免有点担心：似乎以后"拿来"可口可乐、百事可乐、耐克鞋、奔驰车都比较容易，甚至皮尔·卡丹的时装、巴素娜狄的首饰都可以从巴黎的香榭丽舍和纽约的第五街"拿来"，可是要"拿来"书和知识，仍旧困难一些。历来的传统困难不去说，新的难事是，人家要保护"知识产权"，不许你随便拿了。出版学术著作本来就难，再费好大力气去交涉版权，除非少数好事之徒，大概多数不会心甘情愿地去做。你要防备他用精神产品来"演变"自己，他又偏偏不愿你白白拿走他的精神产品，大家完全一致——苦的只是读书界今后会少读到不少书，少知道不少信息。我们当然完全拥护"知识产权"，这比"反对知识私有"先进。但是，把商品社会中的这种先进事物快速引进，整个社会结构并未作有利于知识、文化传播的调整，就不免会产生不协调。

读不到原著，就请多看些介绍文字。目前来说，这还不至侵犯版权，也许反而能使一些出版商高兴。我们吁请海内外熟悉洋务的朋友，多给我们提供一些域外新知，现在陆续收到来稿，这里集中刊出一批。海外的留学生朋友，三年前来稿较多，近年颇有隔阂，现在恢复联系，快何如之！

更可一快的是，究竟还是做了一些"拿来"事的。

《读书》一九九二年第十期

人在困境中

王佐良教授曾记其恩师燕卜荪（Empson）先生之诲人不倦，感人至深。今日中国之英美文学泰斗，不少出其门下，而燕先生授课之时，正是中国抗战最艰苦之际。据说当时连一部莎翁全集都找不到，还得劳燕先生自己凭记忆打字出来给学生吟诵。佐良先生近作《英国诗史》刚刚杀青，序言末段说："在本书进行中，我时时想到在南岳和昆明教我读诗写文的燕卜荪先生。先生已作古，然而他的循循善诱的音容笑貌是永远难忘的。谨以此书作为对先生的纪念。"（见《文汇读书周报》）师生之深情厚谊可见。

为了瞻仰全国书市之盛况，去了一趟成都，遇到黄新渠教授。巧也不巧，黄教授于寒暄之余，拿出一部译稿——《七种模糊的类型》，托我们张罗出书。这不是佐良先生盛赞的燕氏成名之作吗？黄教授等早已译出此书，有个出版社且已排版，只是因为亏本，不得不退稿。

成都书市，盛况空前。首长莅临讲话，作家签名售书。财经小说、漫画大观、鉴赏辞典……五花八门，不一而足。然而，回到旅舍，翻读这部四百来页的著名学术著作，想想连这样的书排成版后都还不能刊行，不禁黯然。听说，燕先生高弟王佐良教授之《英国诗史》新作至今也还"待字闺中"。

无怪乎，从成都刚回北京，就读到上海复旦大学张汝伦先生的《哲人如斯》，北京中国社会科学院近代史研究所雷颐先生的《文人还会被尊敬么？》，社科院外国文学研究所黄梅女士的《不肯进取》等稿：几个知识分子异口同声地都在讨论中国知识分子的困境问题。过去一代的献身精神，正直不阿的风貌，今天还有吗？"玛多娜杰克逊金利来吃进抛出一无所有千万别把我当人玩的就是心跳让我一次爱个够过把瘾就死！"这种心态应该吗？诸如此类。

当然，也别着急，就像黄梅所说："幸而中国人很多，其中一定有瑞斯的诚挚的读者。"也正是本着这点信念，我们今年还继续出版《读书》，还居然斗胆改为电脑排版、胶版印刷，使得人数不多的诚挚的男读者女读者们，读起这本小杂志来多少顺畅一点。

但是，成都书市的经验至今仍然盘旋脑际。只愿这种改进的奢望不致遭到燕卜荪著作中译本的命运！

《读书》一九九三年第一期

胡愈之"承包"

　　陈原先生以望八高龄，连续为文三十五篇，记这位出版界前辈的前辈胡愈之先生往事（《记胡愈之》，香港商务印书馆一九九二年十月版）。陈作的写法是"没有顺序，没有章法，没有造作，不是传记，不是评论，不是历史"。三个"没有"，三个"不是"，大类本刊所标榜的宗旨。这不奇怪，陈先生原为本刊创办人之一；耳濡目染，现在编本刊的后辈的后辈也就会把这种主张学了一些——自然也只是照猫画虎而已。

　　胡愈之先生毕生业绩非凡，陈先生所记，也只是部分。我辈不学，不复有前人当年的博通。在陈先生所记的部分之中，我们最感兴趣的，已不可能是 Esperanto 或 Doctor L. L.Zamenhof 等等，而只是其中部分的部分：谈他怎样编杂志。胡先生有一段回忆，极饶兴味：

"后来王云五想恢复《东方杂志》。谁来做呢？王云五让我管，我提出包干：商务印书馆每期给多少稿费，多少编辑费，至于用什么人，什么内容，都包给我，不要王云五干预。王云五答应了。这样搞了半年《东方杂志》，销路很好，影响不小。"

　　编辑包干办杂志，不加干预，那么，怎么放心得下？出了问题怎么办？想来简直可怕。其实，照愈老所说，这也很简单，不必把事情想得那么复杂。他编的《东方杂志》，有一期王云五看了不满意，从王的观点说这当然算出了问题，于是说：

　　"你这些东西不得了呀，商务印书馆要封门的呀！你能不能少发这样的东西？我说，不行，编辑权在我，不在你。他说，那就只好取消合同了。那时我性急，就说，你取消就取消。"

　　"包干"，"合同"，"取消合同"，这类商品社会的说法现在已经耳熟能详。但它们居然还能用到编杂志这一行里来，而且这么一来，看来也不见得就丢了领导权，因为还有"那就只好取消合同"这一条在。以后王云五果然取消了合同，他毕竟保持住了领导权，商务印书馆也并没关门。

刊物越来越多。已经有明智的人士提出非常有刺激力的口号："我们正在走向期刊出版大国。"但怎样真正走向"期刊出版大国"的彼岸，似乎还有一些问题要探讨，包括怎样让刊物的编辑有"编辑权"之类。这也不是争权夺利，因为大家的目的也只有一个："销路很好，影响不小。"如斯而已！

《读书》一九九三年第二期

最是仓皇辞庙日

读书之事，恰如敛财。书读得越多，欲读而不之得也往往越多。硕学大儒往往哀叹：书读完了！其实，这正是"贪书"或"贪知"心理的反映。

中国大陆年出新书近十万种，不可谓少。书市任怎么说不景气，买书任怎么说不方便，可读之书毕竟比过去多得多。《读书》创办之初，当时的主持人甘冒大风险，愿担大干系，组写了一篇文章，并取了一个颇带感情色彩的名字——《读书无禁区》，来鼓吹扩大读书眼界，提倡多读各种有益书刊。十多年来，风风雨雨，"读书无禁区"这一论说褒褒贬贬，几起几落，但不论如何，"禁区"的确在随着开放幅度的放大而缩小，眼界随着"禁区"减少而扩大，以至于今天再来看这篇文章，已只觉其不足，而颇难发现其过火。即使当日最反对其说的人，现在大概也已心平气和，甚或已因"禁区"减少而从中颇获其利，至少对于扩大读书人眼界，是不会有多大疑义了。

但尽管这样，不少读书人还是浩叹：可读之书太少！

本着读书人的好奇，当下读台湾、香港学术论著的人日益增多。敏感的朋友或者会猜测知识界的"那一部分人"在这中间有些什么可疑的名堂。其实这想来只是读书人那种无可救药的"贪知"欲望驱使，算不上什么"动向"。何况台湾、香港流行的种种，从食油到化妆品，从流行小说、卜卦算命到KTV、MTV，这里已应有尽有。现在再读台港学术论著，只觉其太迟而已。但是，这劲头毕竟是有了，来了！

台湾、香港以及域外华人的学术著译，要全面评述起来，可能弱于或者强于大陆的同类作品。但这是另一类刊物、另一类朋友要做的事，我们无力于此。但不论如何，同是汉字，都能读懂，实在禁不住人们去一尝禁脔。读过之后，也禁不住发些议论。有同好的编辑，也禁不住拿来发表。

一说到发表，便有选择，这从来是当编辑的难处。有些台港论著，作者其实曾是论敌。既是论敌，而且几乎敌得你死我活，当年不免一棍子打死；彼此盛怒之下，也必须一棍子打死。现在一些没来得及参加当年争斗的朋友，再来检点战场，重加评估，也算不得是翻案之类，只是读书人的顽习而已。这类文章，我们斗胆选入，以供大家参酌。再则，便是我们这个刊物的坏毛病：越来越不敢批评，只把力气用在推介上。无论是域内域外的论著，往往只拣好的来说。如此种种，时下也有美名，可曰"赏析"。此中委曲，说来话长，异日再谈。总之是"评"之一事，说来容易，行之实难，眼下只能 all or nothing，"退而求其无"了。下期开始，或将有所改变。

所推介之书往往买不到，是《读书》的读者永久的苦恼。一位湖北襄樊的郭书桥先生，曾是《读书》的坚决拥护者，订了足足十三个年头，现在表示拒订一九九三年度的《读书》，理由有三：一是子女告诫，"您别跟张艺谋似的，把那窗户纸全揭了，给我们留一点行不行？"二是"读书人的这份儿矫情领受够了"。三即为，"读《读书》越来越像钱锺书说的'要了个西洋化女子作老婆，难说那份儿无奈和浮躁'：所评论的书有些压根儿就见不着，勾人馋出。后脊梁痒痒，就是找不着那'痒痒挠儿'"。郭先生最后悲凉地说："'最是仓皇辞庙日，挥泪对宫娥！'真是，十三本来就是个不吉利的数儿，惭愧！"这类告别信，我们在过去十多年里，所见亦多。起先颇觉凄怆，现在倒也麻木了。只要有够本的印数在，刊物便照常编，所提意见，尽量改进就是。只是"所评论的书有些压根儿就见不着"一项，看来最易改，其实最难动。现在推介台港书多了，这一点不仅改不了，还要加剧那份"找不着那'痒痒挠儿'"的劲儿。这类书不只进口少，而且价钱贵。大陆知识分子又恨又爱、既憎且怜的"商品大潮"，毕竟来得太迟，到现在也还不能让我们的博士、教授、学者和大学生随便掏出那么百把块钱来买例如台静农先生的那种幽静深远的学术著作。这是我们也实在没法的。就从我们说，这些书也未必都见到过。因此，凡谈到的书已有大陆翻印版的，尽量标出，以便参酌。

这一期收到几篇台港书介，列于卷首，并稍志数语，以为说明。

《读书》一九九三年第三期

脑力操练

费老来稿，考证费氏一姓之来龙去脉，由是论论一些文化学、人类学上的问题，的是力作。可是费老却在文末交代说，这只是老人的一种"脑力操练"。

"脑力操练"四字绝妙，可以说点明了《读书》的一贯意向。"操练"也者，往往并无马上就要实现的实际目的。它或为年轻新进小试牛刀之处，或为成年学人为学余暇排遣烦扰之处，或为为政为学为商者事务余暇抒发所思所感之园地，更为老年饱学宿儒遣兴写情、显示宝刀不老的"练武场"。总之，老老少少、男男女女的"练家子"，均可在此一试身手；但是，既云操练，自然只是"点到为止"，没有借此一摆擂台，打遍南北英雄之壮志雄心。如果要通过《读书》观察"那一部分人"之动向，也就仅此而已。无论所动所向为何，无非只是"脑力操练"，"阵线"却实在是没有的。要通过《读书》的文章经世济民办不到，连博个"教授"职称也难！

编这杂志的人，或老或少，也都心存"操练"之心，甚望与各路英雄而无过于功名心切者，共同"操练"。

《读书》一九九三年第四期

文人还会被尊敬吗？

《读书》第一期雷颐先生《文人还会被尊敬么？》一文刊出后，首先得到的反响来自海峡彼岸。台北《联合报》读书副刊主编陈义芝先生来电，对此文甚感兴趣，希望转载。

义芝先生在转载时，在标题下加了一句话，意谓雷颐先生的意见对海峡两岸都能适用。原来，海峡那边也存在"文人还会被尊敬？"的问题。这颇出乎意外，因为一直听说那里的文人收入不菲，日子颇为好过；但也不意外，因为也一直听说那边也问题多多，文事不易顺利进行，收入多寡，并不说明问题。

"文人"一词，今后不知还有没有？看看发达国家，似乎也众说纷纭。我们有五千年传统，这一点"文心"，似乎还舍不得立即扔掉。于是大潮涌来，短不了有文人说三道四。这一期，葛兆光先生谈陈寅恪诗作，面对这么一位承先启后的中国大文人，面对中国的诸般实际，兆光先生不能一无感慨。大作取名为《最是文人不自由》，已经道尽古往今来文人的千种酸楚，万般委曲，其余不必尽言。陈平原先生从来保持雍容的学者风度，他对时下学人的要求是：保持"人间情怀"。葛、陈两说，似可互相补充。

京中才人所论约略如此，再来看看外省的。海南韩少功先生，本为小说作家，偶作论说，亦极可观。本刊首次发表他的论说大作。他的《夜行者梦语》，用小说家笔法，写文人种种行止，剖释当前"后现代"思潮，虽然所述只是"梦语"，落脚处仍在光明。"上帝说，要有光！"光在何处？似乎得靠文人自己探寻。

广东的李公明先生也在探寻这"光"。他没说已否找到答案，只是表示：批评界目前处于"沉沦"状态，文化界出现的种种，原因之一，是批评没有"到场"，或者说批评自身的变质。那么，"光"之来源，至少，有一部分在于批评。

批评当今是否需要？颇费深思。我们为此专门请教京中及境外诸高明。一说是当今文无定则，"批评"一事可以稍息，当前要在发表个人角度的鉴赏或不鉴赏。又说文人已经不是"立法者"，只是"解释者"，"批评"再去指手画脚，大是不宜。也有人认为，批评原是一种对话，"一评定终身"的情况，固不时髦，但批评仍须进行，只是不能再以"法官"身份说话。说来说去，似乎有一点是肯定的：除了对违宪的言论外，中国不应存在以批评名义进行的言论的无上裁判和至尊法官；至于文人的说三道四，说成本人的"鉴赏"或"不鉴赏"也好，"解释"也好，"对话"也好，"批评"也好，却不应绝迹。这一则是文事发展本身的需要，也是文人自身生活的需要——除非世上从此不再有文人在。

写到此，想起李公明先生在文末引及的某作家的评论文字。其人作品在台湾引起"旋风"，其后引进大陆，虽有萧乾先生为之鼓吹，却始终未能引起相应的反响。主要是，从主客观说，当时这里都还没出现相当的条件。时至今日，是不是可以说：已经出现了在大陆刮一阵"龙卷风"的条件？这一点，也部分得自上记陈义芝先生所述的启发：两岸都存在文人的地位问题，自然也应当都需要严苛而又科学的、平等而非独裁的批评！

《读书》一九九三年第五期

评自己

评论失职，或云失业，引起了人们的一些忧虑。报载，领导人已在号召开展评论了。有人把评论称为"道德法庭"，这颇有道理。但是既云"法庭"，在眼下，"法典"和"判例"都还不多，或者虽有而未获较多的人认可。于是这"道德法庭"开起庭来，有时不免缺少权威。希望不要弄到后来，只是让嗓门大的人说了算。

但是，评论的需要却确实存在。不说别人，只看自己。每期刊物出来，过去收到的来信大多是抚慰、表扬，也有批评，却不多。出个刊物不易，对于刊物的缺失，许多读者能谅解就谅解了。现在可不大一样，往往可收到一些学理上的不同意见。这意见，并不是响应号召的"大批判"（八十年代上半期，多逢风吹草动，往往能收到一大批此类来稿，此后极少），而是确确实实的来自读者的评论。可见，大家并不视《读书》的言论为"判决"，《读书》也不视作者的论说为定论。大家研讨一些问题，求真知，寻确解，融融泄泄，天下学人之乐，岂有甚于此哉！

因辟《说〈读书〉》专栏，隔几期刊一次，欢迎对《读书》说三道四。但望所说尽可能具体，文章尽可能短小。

《读书》一九九三年第七期

他们文明吗？

吕叔湘先生来信，"我这两年几乎是足不出户"，"欢迎方便的时候驾临聊个半小时，让我知道一点外面的情况"。因事出差，耽误了个把月才去拜访，吕先生却已卧病住院了。赶到协和医院，见到吕老清癯依然，放了一大半心，而谈锋仍健，思路清晰，更是令人告慰。

病中访谈，时不宜久，果真只是"聊个半小时"而已。去访问前，想请教一二件事情，来不及细说。特别是，行前正好又重读了吕先生半个世纪前所译《文明与野蛮》，颇拟请益，也都来不及了。好在以后总有机会。

《文明与野蛮》是本旧书，最早是周作人为文介绍过，以后吕先生全文译出。当年的出版命运不佳："商务"不收，一家小出版社排后不出，反问译者要排校费，后来由生活书店付了部分排校费，于一九三五年出版。正因为三联书店老祖宗们积此阴德，此书就得以在一九八四年由三联书店重印。此后一印再印，不乏读者。

《文明与野蛮》原名《我们文明吗？》，那是美国作者对他们的同胞说的。作者认为，文明是件东拼西凑的百衲衣，谁也不能夸口是他"独家制造"。西方人自诩文明，动辄斥东方人"野蛮"，这本身就已不文明。其实，文明并非仅仅来自某一民族，而是许多民族互相学习、共同创造的结果。

路威此书，帮助我们打开大门，迎接新潮，厥功甚伟。但是，就他们欧美人来说，已经解决了"我们文明吗"这个问题没有？看来，还远没有。也许还有点倒退。但欧美社会多少有一个好处：允许指出此点。最近西方兴起的"后殖民主义"思潮，对"东方主义"的讨论等等，即属此类思路。

本刊一九九二年第十期即发刘禾女士的有关文章。今年第七期申慧辉女士又有论述。在两位有先见的女士引领下，这一期，我们一口气发表了三篇以萨伊德《文化与帝国霸权主义》为话题的有关文章。凑巧，作者全都游学海外，文中不乏切身感受，也许这也是留学生的一种"新动向"。

指斥西方文化的"帝国霸权主义",并不是想迎合什么潮流,而只是想使我们大家在开放之际更加清醒一些。中国加入国际版权公约以后,引进新思潮甚为困难,这就更需要我们介绍域外种种情况,以便共同创造文明。

原来要向吕老陈述的,无非也是这类话。访病归来,正逢编辑发稿,就把这番话写入"日志",以向更多的智者贤人求教。

《读书》一九九三年第九期

吾道不孤

一位久未谋面的朋友寄赠一本他的新著，书前有一位出版家写的"出版序"。"出版序"是个少见的名称。作家出书，总是求名流或学家写序，很少谋之于出版家。因为出版家这个雅号，讲穿了，只是"出版商"，老派的作者，径直称之为"书贾"。也许这位出版家正是一位学者，或名流——只是我辈孤陋而已。"出版序"十分耐读，特别是其中有两段话，是我辈"刊贾"写不出来的：

> 这一代的中国人怕什么？我们怕向前看，因昨天的历史叫我们不敢奢望；我们怕认真思考，因为"聪明人"总没好收场；我们更怕再提那叫人赴汤蹈火的理想，因为至终我们总发现只是人家手中的棋子。
>
> 这一代的中国人爱什么？我们爱向钱看，尽情工

作，尽情享乐，因为昨天我们错过太多。我们爱肤浅无聊，因为今天的生活顶真艰难而又荒谬。我们爱说"难得糊涂"，因为我们发现其中蕴藏明哲保身的借口。

看了这些话，心里不禁一沉。当然是事实，但是忒可怕。幸好作者接着宽慰我们说，世上还有"怕人家爱的，爱人家怕的"的人在，而且，据这位可爱的出版家的说法，这样的人"绝不孤单"，"走这路的可真不少"。

有宽慰还不行，得用事实来验证。幸好，事实马上就来了。就在这十来天里，四面八方来消息说，我们《读书》好些位喜欢写"怕人家爱的，爱人家怕的"的文章的作者，几乎被几家杂志的编辑包围起来了。不少杂志许以比《读书》高一倍二倍乃至三四倍的稿酬，希望"转移阵地"。

如果没有上面这篇"出版序"和那本书中的精彩论述打底，我们也许真的会灰心丧气。真想不到，在这块冷门土地上，居然也有竞争。但是，转而一想，这岂不正说明，"怕人家爱的，爱人家怕的"之道不孤，应当为此而高兴，有什么可怕呢！市场经济和学术自由的一大特点便是：这世上总是有人愿意唱不同的歌，喊不同的调。当"怕人家爱的，爱人家怕的”曾被说成是一部分人的可疑动向之后，转眼之间，它居然成了竞争的对象。世上之奇事，岂有更甚于此哉！

更何况，据一些位作者对我们说，他们还是愿意将自己最成熟的稿件给《读书》！

《读书》一九九三年第十期

"精神贵族"

　　林毓生教授评哈耶克业绩，曾给以"精神贵族"之称。这一雅名，羡煞我辈寒酸。

　　"贵族"一词，在传统上说，并非好字眼。资本主义以反贵族起家，社会主义要反资本主义，也包括反对它的敌人。因此，走社会主义道路好，走资本主义道路也好，反对贵族总是没错。因是之故，几十年来，直至如今，对于看不惯的臭知识分子，尤其是看不惯他们对某些事物看不惯这种态度，摔一顶"贵族态度"的帽子过去，也总是没错，而且还是轻焉者也。

　　"贵族"而冠以"精神"，在今日言，情况稍有不同。眼下物移星换，事无巨细都先要定阶级、论出身怕已不行。说"精神贵族"，已成借喻。喻其精神境界之丰富，学识范围之广博，驾驭学问之纯熟，犹如封建贵族之庋藏多彩，领地广袤，从仆如云。人们可称"精神食粮""精神财富"，自然也可称"精神贵族"！

报载一位年轻的流行歌手有成为"精神贵族"的追求，可见"大众文化"与"贵族态度"并不矛盾。成为"精神贵族"，只能把流行歌曲唱得更好、更动听。把"大众文化"同"贵族态度"截然对立，乃皮相之见。也许只有低劣粗俗的大众文化可以同精神贵族相对立，因为那里没有文化内涵、精神追求。上述这位年轻歌手，可贵正在有此追求。我们衷心祝愿他早日在精神上"显贵"起来。

"精神贵族"未必不是"物质贵族"，但如只做"物质贵族"，则未免有"拜金"之嫌。为了做物质贵族而鄙弃精神贵族，咒骂精神贵族，随便斥人为"贵族态度"，则更是歪曲了平素一贯高唱的 materialism 之本义，真正成了"物质至上主义"。而做不到"物质贵族"的，倒不妨专做"精神贵族"。这也许只是阿Q精神，却实在是中国士人多少年来向往的目标。

以费老为首的几位中国当代士人，在本期向读者展示了五位中国传统"精神贵族"的风貌。今年是"百年热"。百岁上下的老人，今年可以怀念的特多。他们或为革命斗士，或为学术先进，或为作家诗人，但无论如何，均以精神上的丰富多藏称，叫他们为"精神贵族"，实不为过。人们或自承正在追求成为精神贵族，或正在痛斥精神贵族，都不该忽略这一份遗产。

传媒的工作，无非是促进"精神贵族"的产生和增多。我辈编书匠毕生从事文墨生涯，宣扬精神文化，而今日文化上贫乏依旧，不免恨恨。

《读书》一九九三年第十一期

什么是自由？

　　四十来年前，曾是斯大林主义信徒的法国学人罗日·伽罗蒂，写了一本博士论文，取名《自由的文法》。骤读书名，令人想起《围城》中的方鸿渐，因为此公写外文据说崇尚自由精神，不大肯遵守文法规则，因此人们也许会认为此书是一本教导人们如何写出规范语言之作。后来中译本出版，改名《什么是自由》，再读内容，方知伽先生意在为"自由"定出法则，犹如语言之有文法一般。

　　这书畅销了一阵，可是没过多少年，伽先生自己也不遵守自己定出的法则了，"自由"得丢掉了原先的政治身份。那么，"自由"究竟还是不是应该有"语法"或规范呢？据说伽君此后又有新作，颇有新见，惜乎为中国读者所不知了。

　　这次，葛兆光先生为文推介陈寅恪先生诗作，取题

《最是文人不自由》。此语取自陈诗，葛先生加以阐释（见《读书》一九九三年第五期）。其后，吕澎先生有所补充，写来《最是文人有自由》一稿（《读书》一九九三年第八期）。两文发表以后，从我们这里的来稿看，引起了一股小小的热潮。我们等待了三几个月，从来稿中选出若干篇，编在本期《说〈读书〉》栏中，以便读者参酌众说，有一自由选择之余地。来稿并未发完，今后当有续作，只是发表形式也许稍有不同。

编刊物要讲"导向"。说到"自由"，怎么去导向呢？自然，编辑也生活在社会中，对自由问题也会有看法。但如果依自己一厢情愿的观念导向，说不定又会出现一部新的"自由的文法"。高明如当年的伽博士者尚且未能胜任此事，况乎我辈！

在一个会议上，听到一位教授阐释导向，意谓导向云云，主要应是"人文导向"。何谓"人文导向"？教授不遑细述，只允以后为本刊撰文释解。但此语对我们说来，颇有顿开茅塞之功。可否说，为文贯彻人文精神，意在追求精神境界之开阔，探索精神之高扬，生活处境之安定，使得人们有获取知识、能力以及表达此种才能之足够自由，而不是使人鄙俗、堕落，即属"人文导向"（或为其一）。即使如此肤浅了解，已使吾心大慰，编完本期，倒头便睡，不复有惶惶然不安的不自由感。谢谢教授！

《读书》一九九三年第十二期

三三四四

卢梭就在日内瓦建立剧院的问题给达朗贝尔写了一封信，译为中文长达十来万字，现在出版了中译本（《论戏剧》，王子野译）。达朗贝尔并非寂寂无名之辈，在他编的大百科全书里写了一个《日内瓦》的词条，居然引起卢梭那么强烈的反应。卢梭对他极为敬重，而且他还高度赞扬过卢梭，但是，卢梭说，"真理和正义是人的第一天职；人类和祖国是他的第一眷恋"，因此，对个人的敬重不应压倒天职。卢梭其人其事如何评价，自有专家置论，仅就这件事而言，不由得人们不敬重。

卢梭所做之事，从雅处言，是"文化批评"，说得粗俗，无非是"说三道四"。与自己未必相干之事，偏偏要"说三道四"，多管闲事，这是文人即知识分子的长处亦是弱处。然而如卢梭之流已认定此乃"天职"，实亦无可如何。无论爱者仇者，只有听之任之了。

卢梭一班为文，在我们今天看来，尚有一病，即为"不三不四"。一封信长达十万言，已属荒唐，文中东拉西扯，而且皮里阳秋，认真索隐起来，颇有不少题外之话，倒让后人可以靠做追索工作谋得"职称"之类。但是，也许也是文人夙习，读来倒反觉有趣，胜似看"鄙职"卢梭致某权威人士的几纸八行笺。编杂志要靠文章有吸引力，所以我辈更是百读不厌。

"说三道四"，"不三不四"，编刊之道，在于此乎？

《读书》一九九四年第一期

裤子·尊严·乐趣

台湾仍有编年度诗选的传统。刚收到友人赠阅的一九九二年度诗选，粗读一过。外行，于诗不敢赞一词，倒是痖弦先生的序，读来津津有味，特别是其中提到："五六十年代办诗刊时朋友们常说的一句话'当掉你的裤子，保留你的尊严'仍适用于今天，我们曾共同创造了可能是全世界最长命'同人诗刊'的纪录……我们能让年度诗选这具有传承意义的工作腰斩中断？"

一种信心，一种力量，令人肃然起敬。

做文化，可以落魄，也可发财。不论如何，尊严总要保留。但如裤子未当，衣食尚可，那怎么办？举一位西方文化老片为例。美国兰登书屋主持人塞尔夫自传末段说："我度过快乐的一生。我的运气好得很——有唐纳德做我的合伙人，有菲丽斯做我的妻子，还有我引以为自豪的两个儿子。我的健康状况好得惊人。我一生唯一一次进医院是在一九六七年夏天做切除白内障手术。在医院里住了一个星期。""我多次说过，来一点幽默，生活就有意思了。这一向是我的信条。有一次一个人问我，你愿意要什么样的墓志铭？'我总是说，我要的是，他步入房间时，使人们多了一点乐趣。'"

除非必要，裤子最好别当。不论裤子是否还有，尊严必须保留。两者皆备，则还应给人给己带来乐趣。有此三者，做编辑人之愿足矣！

《读书》一九九四年第二期

上帝·阿斗·朋友

　　生活·读书·新知三联书店当年办杂志的看家本领之一，是善于同读者交朋友。吾辈其生也晚，当年的盛况是见不到了，但是读读邹韬奋先生亲自执笔的"生活信箱"，听听前辈讲当年的故事，犹可得其仿佛。这种态度，这种精神，以及因而产生的作用，今天还很需要——但实际上还很少。

　　五六十年代编杂志，用不到这些办法，因为那时编辑是代表"组织"的，是负责教育群众的。到了"文革"，是为极点。八九十年代编杂志，当年"为人师"的办法并未全失效，却又加一新法：把读者当上帝。中国人从来善骗神明，爱哄上帝。只要上帝开心，肯花几元钱买本刊物或书，让它继续问世，大家就都高兴。顾客既是不时上当的至尊的上帝，又是愿意受教的无知的阿斗，是为上策。

办《读书》时，我辈的老师之一，是陈翰伯先生。先生不幸谢世，但办《读书》时的种种主张，言犹在耳。他的一个主张便是要把读者当作朋友。设栏、约稿、为文、编集，事事都把读者当作平等的知心朋友看待。既不要居高临下，又不是心存欺哄。想起陈先生的教言，编了个《说〈读书〉》栏，居然颇为热闹。前辈风范，偶得皮毛，亦有效益，快何如之！

《读书》的作者与读者之间，往往并无界限。请读者说话，也就找到了一些相当高明的作者。《说〈读书〉》还得办下去，朋友也想交得更多，更贴心。希望读者再予支持，更多来稿。

《读书》一九九四年第三期

后饮酌·后学术·后刊物

读前辈文人日记，每有某人招饮于某处的记载。其后知道，某些重大的文化规划往往产生在此类饮酌之际。五十年代初，犹见杂志的老编于发稿之余，与同事们小酌一番，席间谈笑风生，感情融洽，新进者当时之受益，直可与费老年轻时听马凌诺夫斯基喷烟斗、发高论相比拟。一场"三反""五反"，结束了此种情境。连几位德高望重的老编，也亲见他们作了痛切的检讨。整个六十年代里，只有在初期，以胡愈老地位之尊，还能为"知识丛书"的编辑工作邀宴一番。而这事到了"文革"，则又成为"罪行"一桩。现在回顾，五十年代一代某些编辑之不够长进，也许同此后几十年里交往稀少有关。

如今，又经一度沧桑。饮酌之快，早不在话下。问题倒在，有时饮酌本身成为目的，这又不免有违初衷。文人、编辑之小饮小酌，所重者应在"后饮酌"，而不在饮酌自身。"后饮酌"者，事后对席间传来信息之思考、整理、领会。更所要者，是席后的催稿、"逼债"。非如此，哪里办得成一个刊物？

京中有些健谈的学人，或为本刊的同饮好友。有一位哲学家，席间曾指点本刊的方针说：你们搞学术，最好搞"后学术"。学者们为了学术，收资料、写文章，所出成果为"现学术"，它适合学报，而不适合《读书》。其后再有消化，融以学术以外的种种感受，表以学术文章以外的适当形式，方为"后学术"。《读书》文章之可读者，往往为"后学术"。这一"后学术"的主张，实为本刊同人近期"后饮酌"之重大收获。《读书》要谈学术而非学术刊物，说来实在别扭。过去曾有"不是学术的学术"一说。现在由研究"后现代"的专家提出"后学术"一词，真是一大发明，值得为此浮一大白！

"后学术"大多产生于"后饮酌"，编成者则为一"后刊物"，即不合时尚之刊物。"后现代"废弃时尚，《读书》虽有一定方针，但不欲处处"随时俱进"。从这一点说，途径约略相似。三个"后"生拉硬扯地汇合在一起，吾人于

《读书》之宗旨及运作，或可稍稍有会于心焉！

然则，"后饮酹"可理解为"混吃混喝"；"后学术"不免被讥为"学术性"不足；至于"后刊物"，虽然"后"字不甚雅驯，但是并非自甘落后，也就算了。

《读书》一九九四年第四期

被遮蔽·被掩盖

　　几位上海学者对谈人文精神问题，有人文精神失落、遮蔽、低迷等提法。就中，有几位先生特别欣赏"遮蔽"一词（其说详见本刊第四期73页）。

　　这里不想讨论人文精神的现状究竟当用哪一说法，只是，由"遮蔽"一词，立刻想起了毛泽东的名言：一种倾向掩盖另一种倾向。

　　一本曾经记得滚瓜烂熟的《语录》现在已经忘记大半了，记得起的，又不免夹杂着一些不堪回首的往事经历，不想再去说它。但是，回顾十多年的现实生活，总觉得"一种倾向掩盖另一种倾向"实为不刊之论。

　　从这语录来看，被掩盖或被遮蔽其实不是坏事。虽则，一个时期里，不免遭到冷落，但是世事无常，有价值的东西被掩盖或遭遮蔽以后，总有出头之一日。人不必天天想到自己的"出头"，但对于自己的主张、信念，总得有"天日重光"的信念。

说到本行。编一本知识层的刊物，要在发现、找寻种种被掩盖、遮蔽的有价值的东西。这事做得不好，说不定连自己也被掩盖、被遮蔽，乃至被埋没、被抛弃。但是，也得相信天底自有公道。

沪上诸贤正为人文精神之被遮蔽而努力不懈，这种对中国学术的敬业精神值得佩服。当今能发现的被遮蔽物尚多，本刊愿与沪上以及国内外诸贤人硕学共勉之！

《读书》一九九四年第五期

黄昏·朝阳

编稿之际，多年不见的沈自敏老先生忽然光临。手持一封来信，密密麻麻五千来言，颤颤巍巍登上五楼，说是《读书》十五周年了，应当正是今天，特地来看看大家。沈老在对《读书》的贺信中说，希望《读书》今后的文章，"文采风流，纯净流畅，真心实意，含情脉脉"。

另一位章怡老先生，清晨四时起来为《读书》赶作一文:《春日的遐想》。文章开头深情地回忆了本刊十五年前的往事。文称"黄昏人语"，当然只有这些位年近八旬的老翁才有资格用这么谦逊的表述——虽然文章写得充满春日的生机。

两缕黄昏的阳光照到编辑部，使大家高兴了一阵。早就想到该有个十五周年，可没像这些位老人那样郑重其事。

同老人谈完，坐下读稿。看第五期校样，首篇作者陈彩虹先生，见过，大约四十来岁。收到一些读者来信，对今年第一期陈子平文有赞有弹（已择要发表在本期）。问了一下，陈先生今年三十岁不到。又读谭立铸先生来稿——《大隐隐于市》，据说作者也才三十岁。一大批海外作者来稿，作者估计也都不过三四十岁。所有这些，所作都应入"朝阳人语"（相对于"黄昏人语"）；连同五十来岁的，现在要占《读书》作者的百分之七八十。

朝阳、夕阳，都是阳光。有阳光惠照，想来《读书》总有生机。由此忽然想起巴老所译《六人》。六个英雄，各有不同性格和习惯，都想按自己的方式改造生活，却难以大成。后来联合一致，于是，"坐了千万年的古斯芬克司"，即那些旧生活的重重障碍，终于"倒下来粉碎了"！

《读书》一九九四年第六期

地理与文化

几十年前傅译丹纳《艺术哲学》问世，其予艺术外行的最迷人之处，是书中论艺术杰作产生之地域因素。就当时人们的马克思主义理论素养说，将地理因素提到重要地位，显然是应该批斥的谬说。远的有普列汉诺夫，近的有约瑟夫·维萨里奥诺维奇·斯大林，都早已昭示，地理因素对艺术作品来说，无足轻重（科学的说法是："不是决定性的"）。也许是出于知识分子的"反拨"天性，偏偏这么一些在今天看来太过渺小的"新论"，当年却惹得不少读者赞赏，更甭说傅译文采之精妙，以及书中插图印制之讲究了。

地理同文学、艺术，广义说是文化，其间的关系是个不易说清的问题。上举两位大家，从一个角度来看，所说未始没理。人们有意见的，无非是后人太过霸道，不许陈说异见而已。时势发展到今天，照理说，世界越来越小，地域因素应当越来越不重要。但是看来还难。在地球这一小小"螺蛳壳"里，还不断做出动人心魄的"道场"，地理的间隔仍然使得各种文化自具特色，且又不断彼此融合、吸收、排拒乃至冲突。说起冲突，我们得知信息已晚，只听说有位亨廷顿先生，早已撰文阐明西方文化与非西方文化将有重要冲突。海内外同行先进刊物，已在畅论其事，我辈"后刊物"，较难介入其间，也就只作读者，专一享受各种论说的妙处而不作贡献了。

但就《读书》来说，关心世界或力有不逮，关心同胞却尚图一试。今年七月起，《读书》要出繁体字版。因此，不免有一奢望：想在刊物之中，略为多谈对海内外华人著述的观感，也请境外的文士多对大陆文事表示关心。就我们的力量，难以就此做到让两岸三地或全球各处华人文化的"融合"，立即取消畛域界限。但是，即如此，实在也是难事。因为就大陆来说，得到一本境外学术论著并非易事。何况说过以后，岂不又让不少读者有"抓痒痒找不到痒痒挠子"的感觉。但是，既然已有这"地理"在，再困难，也得一试了。

因此，当然要感谢本期李皖、施康强、葛佳渊、罗厚立、李欧梵、汪晖等先生之力作，更希望境外朋友们今后不吝惠稿。

《读书》一九九四年第八期

文化阁楼

　　有高明之士倡导"文化空间"说，初听之下，吓一大跳。"空间"何指？一块广袤无垠的空地？一个人山人海的广场？知识分子要有自己的"文化空间"，要那么大吗？能得到吗？

　　后来知道，"空间"者，space 之谓也。Space 这词连我辈不晓英语者也认识。过去铅字排印的时代，铅字间加的空铅，即称 space，上海的排字工友直呼之为"司配斯"。最小的"司配斯"，是一个老五号字的八分之一，小到可以落地无声。知识分子所需的"文化空间"以中国来比例，大概不会比这多。这么一想，倒也放心了。

　　更有一说，这"司配斯"所安置的地方，不在中心，而在"边缘"。"边缘"说近年很听人说起过，考究一下，方知是英文 margin 之中译。这词对我辈编书匠又是一个熟面孔。一本书的天地空白，就是这词，从做出版学徒之日起，就已相识。

好了，在一本书的空白处，找个"五号字八分空"的位置，营造一个"文化空间"。这大概是任何开明的文化政策都许可的。这"空间"，不是"文化殿堂"，亦非"文化广场"，充其量，"文化阁楼"而已。让知识分子在自己的"文化阁楼"里研讨、商酌，想来对国计民生不至有害而只能是有益的。

想到这里，倒很愿意让《读书》成为一个"文化阁楼"。"阁楼"既小，所容者自然也少，三四个疯女人疯男人而已！

《读书》一九九四年第十期

采一片异乡的云

　　没去过也许是夹雾夹雨的伦敦，只隔了海，听恺蒂漫话英伦。朦胧没因此变得清晰，却肯定了那儿是夹雾夹雨：《笨拙》死了，《画室》在书库一角尘封；蓝色电影诗人逝于《蓝色》之后，拉金的日记投入粉碎机中……当然也有阳光灿烂，那是夏日里一年一度的古书市：艳阳天中，似有若无的暖香牵起旧梦，怀旧的情思在短暂的白亮中低迷……

　　这些大概都是拥炉向火喝下午茶的谈资，给它起个名字，叫"英伦文事"，于是就成了不拥炉不喝下午茶，只是在或冷或不冷的短夜长夜中的别一种消遣——小恺蒂以"静观的人生"去看那"行动的人生"，她认定了自己"外乡人"的位置，超然，清醒，幽默，波俏，若即若离地细数"别人家珍"。说到报商的游戏，说到读者的薄情，都不必有切肤之痛。

不了解英国人，也不关心那雨里雾里缭绕着的传统与现代的情思。但恺蒂笔下的英伦文事却让人多情，虽然隔了千里万里，这多情到底还是成了消遣。从点点滴滴的"文事"中，可以约略体会冷淡与约束中的古板，幽默与含蓄里的热衷。现代，却依然传统。现代中，泛着黯淡却执着的传统的光亮。看"别人家珍"，正可以"调剂出多少静观的智慧"。

原以为她怎样悠闲，在谈天喝茶的从容中，炮制冷冷的聪明，闲闲的优雅。谁知她还在努力完成学业。雨里雾里的伦敦，小恺蒂常常是收住匆忙的脚步，从挤满了匆忙的生活中挖出一角空白——也许默默依窗，也许独自凭栏，锁一片异域的云，封寄故乡的朋友。

小心剪破"锁云囊"，"英伦文事"缓缓流出，像张爱玲笔下的胡琴，虽然有时也有苍凉的远韵，到临了总像着北方人的"话又说回来了"，远兜远转，依然回到身边。

但娟秀流丽的文稿中常常会有错别字！先以为那是故意在文字间布下的幽默，假戏真做，蔚成风格。久了，才知道这幽默竟是意外的效果。它是练达与辛辣中掩不住的一脉天真。逐年递加的数字无法标志她的真实年龄，告别了少女时代，却依然留得住少女时代的清浅。圆熟中的这一点幼稚让人觉得可爱可羡，她是《读书》中最年轻的专栏作者，看着刚刚出版的《海天冰谷说书人》，倒生怕那点稚气随着时光流走了。

在最初的来信中，她总是小心翼翼地谦虚着："如果你觉得我的文章不好或不适用，请一定不用。……谢谢。"信写在一叶复制的艺术作品背后，常常是像天一阁信笺那样窄窄的一长条。我随意给它们编了号：第四号白色交响曲，蓝色和金色的夜曲，黑色和白色的夜曲……因为读了《世纪末〈画室〉再巡》，就不免想起"新艺术"运动中的装饰风格：螺旋的，娇媚纤细的线条，勾画出说不清道不明的忧郁与惆怅。夏天，她回国探亲，匆匆见了一面，再接到来信，已经又带了伦敦的凉雾轻烟："在上海时，英国已在我的头脑中消失得既淡且远，仿佛英国只是我梦中去过的地方。所以三周前下了飞机坐上地铁，看看周围那么多奇形怪状之人，真不明白自己怎么会置身此地。而且英国秋日如冬，已是寒气逼人，我穿着一身中国的单衣，更像是跨过了许多时空……"

竟有点儿残忍地愿她保持这种感觉——英人哈兹里特说过，年轻人好比不朽的神明。虽然一半的时间已经飞逝，但另一半时间却带着无限的宝藏仍在等着他们——所以这残忍毕竟还是善良。她其实并不是孤独无依的漂泊者，"梦中去过的地方"也早有了"梦中"经营的家。但她依然"常常想自己是不属于此地的"，疑疑惑惑仍在寻找归属感，而犹犹豫豫终于不能定位。当然归属感能使人宁静，宁静得可以坐在安乐椅上和永恒对饮；可我得说，发现的惊喜，多半活跃在旅途中。

《读书》一九九四年第十二期

闭一只眼

大千世界，目迷五色。面对这种种繁华，未免态度各各不同。有人看这世界，嫌两只眼睛还不够，恨不得有三只、四只。有人嫌两只眼睛太多，索性闭起一只。比较起来，我辈居于"文化阁楼"而非"文化殿堂"者，宁取后者。

所谓"闭一只眼"，其实只是"取一瓢饮"。以书来说，一年出十万种，相信住在殿堂里的怎多朋友也未必看得来。任你再做工作，市上的书变得很少想不至于，也不必要。那么，以我辈微弱之力，只能取其中少数自认为精华的来读，来评，来推介。

多中取少，事情好办。难的是，这睁着的一只眼，如何做到"独具只眼"。想来想去，只有一条：找朋友帮忙。"阁楼"虽小，但在中国，"阁楼"尽多。把许多"阁楼"

上的朋友请在一处，用大家的"只眼"来看这社会、这世界，是不是容易一些？因此，一九九五年里，或将多做些这方面的事，譬如搞些好的学术著作的民间评奖、推介之类。做这类事，不免需要不在"阁楼"的有钱朋友和年老体弱住不了"阁楼"的长者帮忙，现已征得一些；当然，还得办些应有的手续之类。

闭起一只眼，让另一只眼看得更好：一九九五年初，其志无非如此！

《读书》一九九五年第一期

背叛·挑拨

　　钱锺书先生谈翻译，每引一句意大利语："译者就是背叛者。"施康强先生在本刊谈《红与黑》多种译文之比较（第一期），指出恁多专家对《红》书头尾少数语句之表达，尚且见仁见智，各擅胜场，遑论其他。从这里看，我们又何妨称力图忠实表达的译者之这种"背叛"，为"忠诚的背叛"，以区别于滥竽充数的恶意背叛。

　　在"文化阁楼"里温习这些意思，每每想到自己的行业。每天写信、看稿，一大部分时间，都在劝说仁人贤士们为文立说，陈述己见。一说"己见"，有时免不了偏颇，于是就有了切磋、讨论的需要。起初想尽量"摆平"这种不同意见的讨论，后来觉得，又何妨仿"忠诚的背叛者"例，做一个"和解的挑拨者"。让各方各面的志士仁人，以和善的态度，各各说出自己的看法，有时也何妨争执一番，岂不比一意"摆平"更好。

这些当然还是"百家争鸣"的老意思，并无新见。只不过，过去执行"争鸣"，是多少被动的。万不得已，成问题又不能不发的文章，加个"争鸣"题头，免得屁股上挨板子；万一挨上，也可借"争鸣"一说，挪动一下屁股，不致记记实受。有这借口，遇到"熟皂隶"，也许可以免掉板子——当然，"熟皂隶打重板子"的事也每每有过。

现在不同的是，想主动"挑拨"一些不同意见出来。《说〈读书〉》栏之设，就带些这种意思。当然，说不同意见可以，还是以"和"为尚。

意存"挑拨"目的却又在和解，故称："和解的挑拨者。"或者可仿"为了忘却的纪念"，称为"为了和解的挑拨"。

《读书》一九九五年第二期

打擂规则·费厄泼赖

　　有读者很直率地来信说，看你们的刊物，好比看打擂台。我想知道的是，你们搞的打擂台有些什么规则。

　　编刊物自然不是组织打擂台，应当说比打擂台复杂得多。思想、观念的交锋，往往亘续几年、几十年，而且此伏彼起，一时难定胜负，尤难决定谁是盟主。我们过去动辄喜欢讲"谁胜谁负"。五六十岁的人学过俄语的，当年先上手的一句往往便是кго-кого。两个"谁"字放在一起，第一个"谁"是施者，即胜方；第二个"谁"是受者，即被胜方，既好记又好念，总起来意思便是"谁战胜谁"。斯大林先生制造了这一好读易记的术语，从此使思想的交锋有了政治色彩。谁想成为主动的кго，而不是宾格的кого，又想速战速决，一下子打败对方，便去从政治手段上想办法。那样，思想交锋倒真正成为打擂台了。

但是，小说里的打擂台大多鄙弃卑劣手段，即所谓施阴招，而颂扬正大光明地过招，凭真本事取胜。这是可取的。这种评价标准，西方谓之 fair play，鲁迅先生等当年译为"费厄泼赖"。鲁迅当年愤于时局黑暗，曾有"费厄泼赖可以缓行"一说。一九八一年，王蒙先生在本刊提出，"费厄泼赖可以实行"。最近报上有人说，"费厄泼赖应当厉行"。此非后人胜前人，实在是时局进步所致。

　　所以，要规则，或者说"学术规范""学术纪律"，在本刊言，"费厄泼赖"一条仍为首务。其余，徐徐图之。何以谓"徐徐"？答曰：成本考虑。如是而已！

《读书》一九九五年第三期

自己的声音

做思想政治工作，其中包括搞舆论，做宣传，常常会碰到的一句话是：知识分子成堆。照过去习惯的看法，这里，那里，知识分子一成堆，问题一定复杂，事情一定邪门。于是，凡是成了"堆"的地方就要加强思想政治工作。六十年代初文化部有"犁庭扫院"之举，之后则工人、解放军进驻，都是要解决这个"堆"的问题。

"堆"何以可怕？想来是担心"堆"进而成为"团"。其实，知识分子怎么能成得了"团"？表面上，一大"堆"知识分子聚集在一起，喊喊喳喳，三三两两，若有所议，似有所为；到了儿，还是各有主张，自行其是。马克思用"一袋马铃薯"来形容人们之不能成"团"，用来比喻知识分子，倒蛮合适。

到了阶级斗争不再为"纲"的今天，再来看这个"堆"

的问题，似可另有新说。现在来看，知识分子之可贵，恰恰在于他们自己之不能成"团"。一个人有了知识，就要讲思想，讲个性，讲独立人格，讲一己创意……即使五个、十个、一百个、一千个知识分子"堆"在那里，很难做到千人一面，而只能人言人殊，因此也不易做到令人可畏的"团"。

其实，过去做思想政治工作，也有好的传统，例如"一把钥匙开一把锁"，那就是讲个性，谈特色，而不是要大家都去配"万能钥匙"。在中国谈文化，编杂志，发文章，似乎不可忘记这一点。

也正是从这里着眼，"文化阁楼"即使在文化发达的年代，也还有存在价值——如果不是更有存在价值的话。因为，任何一个文明、正常的时代，都应该让千千万万的知识分子各自发出自己的声音！

《读书》一九九五年第四期

《发事隐》的"事隐"

　　三几个人编一份杂志，正常情况之下，尚可对付。事情一多，不免手忙脚乱，要出毛病。《读书》近年来印得较多，虽则所增者只是大刊物的零数，却已多了不少杂事。加之出港、台需要的繁体字版，看来小事一桩，倒真颇费精神。用电脑化"简"为"繁"，真是意想不到的困难。有时"皇后"成了"皇後"，"子曰诗云"成了"子曰诗雲"，这还好说。那个民国和台湾的大名人"王世杰"，究竟繁体字是"杰"还是"傑"？就得查考。你不是鼓吹人少地仄的"阁楼文化"？这可让你尝尝办事人少的味道。

　　第一期出了个纰漏：印封面时，把张中行老先生的《关于发事隐的批注》列为要目，到正文开印前，检点篇幅，发现总数多了，要下文章，于是未把张文排上（电脑排版较为方便，往往多发排一些文字，然后调整）。理由也简单，一则张老之作不大有时间性，二则张老爱护《读书》，较好说话。更因为张文排在后半，较易更动。忙中一乱，没有想到再去改封面要目。但真料不到张老有那么多爱好者。这乱子一闯，几乎天天有来信。信里批评我们是应该的，但多半还要我们"发"此事之"隐"——是否此文已遭扣检？张老是否还有发表自由？

在中国编杂志，可发的"事隐"可能不可谓少，但在发表《发事隐》一文上，却实在并无动人的"事隐"可发。关于别的文章，也偶有爱护者怀疑其中或有"事隐"，我们的态度是尽量将来信来文发表，让多数读者自行判断是非。《发事隐》一事，因来信较多，不及一一解释、答复，只能在这里笼统告罪了。

《读书》一九九五年第五期

倒和顺

从学习编书编刊时起，就接受一项经典训练：选题计划是编辑工作的基础。此语据说出自苏联人马尔库斯。此公与当今享盛名的马尔库塞在译名上仅有一音之差，却是截然不同的两个人；他是把编辑工作纳入当年的"规范"的奠基者。

选题工作如此重要，无非是表明编辑、出版要有更多的自觉导向——通过确定题材，把书刊的舆论，通向一个轨道。于是，一时间，命题作文之风大盛。直到如今，这大概还是编辑、出版的主要工作程序。也许可以说，此风于今尤烈——虽然政治导向已经大多变成了"商业导向"。一旦文化工作要更大程度地走向工厂化，所谓"文化工业"日渐兴旺发达，它会更加繁荣起来。

这种编辑作业方式，既占有过去，又掌握未来，显然属于编辑学——近年新兴的一门科学——中的"显学"。但是，这种工作方式却未必适合"文化阁楼"。

无论通过统一计划，还是通过广大市场，把知识者组织起来，大家都来根据一些题目写书作文，就全社会说，是否会有许多学术精品出现，很值得怀疑。可以因此有精妙绝伦的鼓动宣传，有撩人心弦的 best seller，但是否也会有潜心深研的学术大作呢？

《读书》既是"阁楼"产品，自难按照这种方式，根据选题—组稿—审稿……的顺序依次运作。当然，既为刊物，自然也有意图，有导向。但是，不可能时时处处自觉地出题作文。我们的"编辑"，只是经常出去向文人学士采集他们手边的既成的佳作妙文，然后依类相从，编排，成刊。这种方式，大概也属编辑行业中的"不三不四"之流，无以名之，姑谓之曰"倒过来"的编辑。

也因此，读《读书》，不必如读许多著名刊物者从头条文章即可看出它本期的意图方向。我们的头条、二条，也许写在半年一年之前，谁也料不到它会在今天出世。某期某类文章的多寡，也不表示意向。常有好心的读者误会此事，顺便说明。

《读书》一九九五年第六期

精致和粗率

　　读者孙曜先生四月二十二日来信说："这个月每天晚上都下楼徘徊，等《读书》和信。结果往往是都没有。然后上楼去听罗大佑的歌：

　　　　等遍了千年终于见你到达
　　　　等到青春终于也见了白发
　　　　倘若能抚摸你的双手面颊
　　　　此生终也不算虚假

　　有时我想，有《读书》、罗大佑、金庸与我同在，这世界终也不算虚假。"

　　我们在北京直接接触的"《读书》人"，颇少是以《读书》、罗大佑、金庸三者同时成为爱好的。也许说起后二者，特别是罗大佑，大概还会引起一些异议。然而，我们相信，在《读书》的十万读者中，同时爱好这三者的，会是多数。

这不是说，凡杂志以《读书》第一，听流行歌曲以罗大佑第一，读武侠小说以金庸第一。如果可以说后两个第一，却万万不能说第一个第一。但是却可以说明：人有各种精神需求。作为一般的所谓"有教养的"读者，既要了解时下知识精英们的言说，也会对大众文化产生兴趣。这两者，在一个知识者的身上，完全是可以统一的。

问题是：所有这些，都要精致，要有高质量。

不论大众的还是精英的，有修养的读者需要的是精致，不是粗率。这是读者对编辑人的教导。

"阁楼文化"，还应当理解为"精致文化"。它的销行可能达亿万，如罗、金先生，但它的生产是有个性的、单独的、"阁楼"式的。

《读书》一九九五年第七期

何必大声

　　当编辑，在当前情况下，又称搞宣传。任何文字活动，从一个意义上说，都是宣传。这是古贤今哲从来的教诲，错不了。人有思想，有观念。管你这编辑贤愚智不肖，你用了这稿不用那稿，你写了这个字不写那个字，总有一个观念在冥冥之中支配你。当然，可以说我这编辑是"兼容并蓄"，或者"照单全收"，或者，说文雅些，我取稿标准是"言之成理""持之有故"，并不执着某家某说，那么，你上面那些四个字的成语，便是观念，是思想，也许是个更为观念的观念，更加思想的思想——总之你逃不了。

　　把编辑当成宣传亦有弊端，那是，第一，容易同政治活动直接挂上钩，第二，容易同某种言语形式挂上钩。前者犹可说。你可以毫不过问政治吗？你自己说不问政治，人家一分析，你明明白白确确凿凿，代表了某家某派利益。

人家的分析有时会比自己原先思忖的还要明晰、透彻，会令你头皮发紧，全身痉挛，乃至血压上升，心肌梗死——此之谓"批判"，当然现在已经少见。至于同某种语言形式挂钩，还值得一提。语言形式云云，或可称"话语"，那是时髦话，说来话长，也不是我辈普通编辑可以说得清的。但在实际工作中，常常遇到的一个语言形式上的要求是：必须大声。凡所宣传的，尤其是被称为"主旋律"者，要用大声嚷、唱、喊、叫……然后寰宇皆闻，然后心满意足。机关报刊，自然应当如是。然而一凡报刊均是"喉舌"，推而广之，一凡编辑均应如是，却不免受苦。不是反对"主旋律"，实在是不愿事事处处提高嗓门大声喊，如斯而已。

偶见报上有执事者提出："导向悄无声！"无声亦可导向，人们有此理解，实为编辑之福。这是为编辑们作一大解脱。无怪乎，人们常说，时代毕竟进步了！

《读书》一九九五年第九期

想入非非

　　一位科学家说，现在的科学发展可以用"想入非非"四个字来表征。因为科学发展到了现在，人们要研究的往往是要用"非……"来命名的了，如"非线性……""非决定论……"等等。

　　科学家的话，壮了我们的胆，不妨也来谈谈编刊物的"想入非非"。

　　《读书》早就是个"想入非非"的怪物。创办之初，虽有出版界的领袖人物为之撑持，然而得到的指示却是：不能办成机关刊物。"非机关刊物"这个"非"字，为它立下了基调。

　　未几，当时的执事人发了一系列文章，标题均为"不是什么的什么"。后辈们反复思忖，觉得这是"想入非非"的进步体现。"不是"即"非"；然而"非"之标的在何，还是"是"（后面那个"什么"）。也就是说，《读书》之求是，其途径往往为先"求非"。此一论说，指导了我们近十年工作。在"路线第一"的朋友看来，达到"是"之途径，其实只有一条。循"非"求是，岂非怪论？此所以持不三不四论说者，往往命运多舛。但究竟凡事均按路线斗争的办法已经不太灵了，所以刊物也就生存下来，以至今日。

十几年的实践证明，如设中国之社会主义现代化为"是"，则通罗马之大路，原非一条。此"摸着石头过河说"之扑不破也。

"非""匪"音、义均近。持"想入非非"之论，虽则目标也在见出一个"是"字，却终究不如直截了当的"求是"来得名正言顺，而往往近于"匪"道。《读书》出到这一期，已满二百之数。整整二百个月份，月月在"是""非"中翻筋斗，讨生活。寻是生非，习非为是，以是为非，非中见是，今是昨非，彼是此非，是是非非，非非是是……编辑部文化阁楼上的三几个小角色，人谓发疯，然耶？非耶？

《读书》一九九五年第十一期

把关种种

　　西方传播学里，往往称编辑为"守门员"。此说与我们习用的"把关"一语，何其相似乃尔。编辑一大职责便是"把关"，使不适用的稿件难以入围。所谓"不适用"，有时并非不佳，只是不适于此时此地的此刊而已。譬如一篇几万字的学术论文，投诸《读书》，就得"婉退"。非稿不佳，实是无此篇幅，故即使"退"，也得"婉"，同守门员硬生生地把球接住再猛地踢出稍有不同。

　　"把关"有许多种，要我们精研编辑学的诸公写将起来，必可分出若干大科目，以下又有许多子目，进而为之，或可发展而成一门"把关学"。我们这些在阁楼里打发日子的匠们，似可不必如此大动干戈。我们所记得的，往往只是两条：积极的把关和消极的把关。"积极"两字冠诸"把关"之上，其实不通。守门不是前锋，何来主动、积极？

但是，如果守门员与前锋配合，使得不可用之稿成为可用，何妨谓之"积极"。这类工作，现在比过去容易做。人类有一大发明，大有惠于现在的新新编辑人类，这就是复印机。来稿不全合用，如有基础，何妨复印一份，剪裁之，修补之，使之认为可用，然后再将改后的稿子连同原稿寄作者定夺。如是，原稿完整无缺，改稿还可再动，彼此不伤感情，过去的老老编辑人类，难以臻此妙境也。只是时间还是有限，不能事事如此，而比诸海外有些刊物之事事都要向权威机关求证，亦逊一筹，但终究是一进步。有识见的领导如不给期刊编辑部购置一复印机，是一大失策。（买什么型号复印机好，容我们取得有关厂商回扣后，再介绍。）

消极把关，是数学上的减法，此理易明。这里较难的，是所谓政治把关。这关，历来为"编辑学"里的第一章第一节第一款第一段……必须大书特书。不过，对于一个一般性的非机关刊物言，这种把关大多是消极的。我们的一切言论，不能违背当前最主要的政治要求，但并不是事事处处以至于主要篇幅都用来直接宣传这些政治要求。非机关刊物的老老编辑人类往往在政治把关上主动性太多，使刊物面貌易于千篇一律。其实，只要大家都关注人民的利益，不是自然会使刊物内容与政治要求在本质上一致起来吗？

《读书》一九九六年第一期

《阁楼人语》后记

沈昌文

　　我编杂志是半路出家。一九五一年考进出版社，分配做《新观察》和《翻译通报》等杂志的校对员，远远看着董秋斯、吴国英、郁风等长者编出一期期刊物，羡慕得了不得。光阴荏苒，过了将近三十年，忽然奉调去编《读书》杂志。这是我生平第一次得偿所愿，开始编杂志。但那时编《读书》多半是业余劳动。主要的业务是编书，行有余力，则以编刊。好在有许许多多老人家、"小人家"在，我只是执行而已。

　　具体指导我编《读书》的，是陈翰伯、陈原、史枚、冯亦代、倪子明等长者。开头，自然是奉命行事，自己绝少言论。几年以后，稍稍觉得翅膀硬了一些，每次编完，想到要不要发些小议论。大抵从一九八四年后，也就是编了近三年后，每期末后开始写几句话，略表心迹。所以要略表，是因为那时每天看读者来信看出甜头。每期杂志出版，总有几十封来信，不免读后浮想联翩，进而发为文字。

这类文字，开头叫"编后絮语"。某年受"阁楼里的疯女人"说的影响，把自己的编辑室命名为"阁楼"。这不仅因为编辑室里女性居多，男子汉永远占少数，而且还考虑到编刊物不免常常犯错误，出了错承认是出于"发疯"，处分起来可以宽一些。另外，我原是上海滩上的小店员，一直羡慕上海的文人当年在亭子间里做事。那年头编辑室也居处湫隘，一旦命名为"阁楼"，并不以为丢脸，反以为荣。

之后，某日忽然读到 Silverstein 的诗配画 *A Light in the Attic*，里边说：

> 阁楼里亮着一盏灯……
> 我从屋外瞧见那灯火，
> 而我知道你人在屋内……正望着我。

于是，恍然大悟，在阁楼里可以做得大事，中外通例。

我辈阁楼中人绝不可自怨自艾，更不必自轻自贱。要时刻想到，阁楼外有那么多眼睛望着自己，彼此相睎，心灵相通。

由是之故，以后把自己写的鸡零狗碎通通叫"阁楼人语"。

蒙陆灏兄盛情，在一九九六年就将此类文字耐心收集起来，打算刊印。当时社会上对《读书》杂志的议论稍稍露头，我怕人们把这看成某种"新动向"，不得不央求陆兄暂停此事，让我销声匿迹。现在李辉兄又重提此事。眼下我确实住在一个真实的阁楼上，不免时常想起当年想象中的阁楼。遗憾的是，现在大概不会有人像当年那样"从屋外瞧见那灯火"。我无法天天收到那么多来信，让我知道我们正在彼此相望。此刻每日所为，无非再三诵读当年作者、读者写给"阁楼"的信，擷拾旧闻，回忆旧事。但这也好，好歹可以比当年的思路客观一些。现在思来想去，总觉得自己在编《读书》时的所为，乃至我的整个编辑出版经历，都逃不开基督教所说的"七宗罪"。《阁楼人语》中所表达的，无非是其中一二而已。由这说来，李辉兄是要我坦布罪状。我从这角度想开去，只得同意。